Paul Katsitis

AF221549

Mykonos Crime ©

SMYRNA
Das todbringende Gemälde

Paul Katsitis

Mykonos Crime© 26

Smyrna
Das todbringende Gemälde

Impressum

Titel: Shutterstock/istockphoto

Innenteil Shutterstock/ istockphoto

Copyright Paul Katsitis 2021: **Der Inhalt als auch
Buch- und Reihentitel sowie der Autorenname sind
urheberrechtlich geschützt oder unterliegen dem
Titelschutz. Jedwede Verwendung ist strafbar.**

ISBN 9 783754324844

Herstellung und Verlag: BoD – Books on Demand,
Norderstedt

Angelos Nikakis, 31, ist nicht nur der Hauptkommissar auf Mykonos, sondern auch Bürgermeister der Insel, verheiratet mit Yariv. Angelos´ erster Mann Alex starb.

Yariv Nikakis, 28, ursprünglich Kommissar in Athen. Beide trafen sich im Rahmen von Ermittlungen und verliebten sich ineinander. Da Yariv nur 1,75 m groß ist, ergab sich sein Spitzname von allein: Kleiner. Sein Hobby: Malen.

Abu Bakar, 38, beherrscht den Drogenhandel in der Ägäis. daher waren er und Kommissar Angelos Nikakis per se Feinde. Doch dann schließen die beiden ein Friedensabkommen der besonderen Art – und wurden Freunde.

Gabriel Markarov, 35, ist Angelos´ rechte Hand im Rathaus. Er sitzt seit einem Schusswechsel im Rollstuhl. Da die Kugel eigentlich Angelos galt und sich Gabriel in die Schussbahn warf, fühlte sich Angelos verpflichtet, ihm zu helfen.

Maria Karnezis, 29, ist Leiterin der „normalen" Polizeistation.

Alexandros Mantzaris, 67, ist Amtsrichter auf Mykonos.

Antonis Migiakis, 55, ist griechischer Premierminister.

1

Paris, Oktober 1888

Emile Chappe war bester Laune. Über Paris und der Place du Tertre schien die Sonne. Die letzten Zuckungen des Herbstes. Da er am Morgen schon ein geschäftliches Positiverlebnis hatte, packte er seinen Klappstuhl und setzte sich vor seine Galerie.

Ein letzter Nachmittag in der Wärme, bevor der besonders grausame Pariser Winter beginnt.

Emile Chappe war Kunsthändler. Seine Versuche, als Maler selbst berühmt zu werden, waren – wie von seinem Vater vorausgesagt - kläglichst gescheitert. Was Emile aber schnell begriffen hatte, war, dass man mit dem Verkauf von Gemälden erstaunlich wohlhabend werden konnte. Vor allem dann, wenn die Herkunft zweifelhaft ist und so manches Objekt dem Verkäufer nicht gehört. Hinzu kamen Skulpturen, die in großer Stückzahl in Italien und Griechenland einfach herumliegen und nur gepflückt werden müssen. Die meisten Verkäufer waren Briten, die dachten, eine „Grand Tour" beinhalte nicht nur den Besuch alter Stätten, sondern auch deren Plünderung.

Aber Emile war kein Hehler im strengen Sinne. Die antiken Stätten waren sein Hobby. Für den April hatte er eine Reise nach Griechenland geplant. Athen, Delphi, Knossos. Sein besonderes Augenmerk galt einer kleinen Insel, die fast keiner kannte. Ihr Name war Delos. Um zu ihr zu gelangen, würde er ein Fischerboot mieten müssen. Auf einer Nachbarinsel namens Mikinos. Nein, Mykonos. Ein Fest würde es werden. Für seine Archäologen-Seele, aber auch für den Verkäufer Emile. Das eine oder andere Andenken würde er bestimmt mitbringen können.

Sein Tagtraum wurde unterbrochen, als er inmitten des wärmebedingten Gewimmels ein bekanntes Gesicht sah. Das ist Paul, dachte Emile. Aber offensichtlich übelst gelaunt. Hinzu kam, dass Paul Gauguin einen Wintermantel trug und einen Schal. Als Emile sah, dass Gauguin eine Rolle unter dem Arm trug, wusste er: der Tag wird noch besser. Pauls Bilder verkauften sich gut, auch wenn die meisten Kunden immer noch nach schweren Holländern oder Turner fragten. Holländern und Briten sollte man das Malen verbieten. Ihnen fehlen die Leichtigkeit und die Lebensfreude. Farbe war ein Fremdwort.

Gauguin verkaufte sich in der aufstrebenden Bourgeoisie in Paris gut – kein Renner, aber man fand immer Abnehmer.

„Bonjour, Paul. Hast du dich im Kalender geirrt?"

„Ich bin heute nicht zu Scherzen aufgelegt", sagte Gauguin.

„Du klingst erkältet", sagte Emile.

„Erkältet? Das ist die Untertreibung des Jahres. Wenn ich das überlebe, habe ich Glück", knurrte Paul.

„Warst du in den Bergen?"

„Schlimmer. Ich war in der Provence. In Vincents ‚Atelier des Südens'. ‚Atelier des Grauens' wäre treffender. Dieser elende Mistral. Man kann ihm nicht entkommen. Es war kälter als jeder Winter in Paris. Und dann Vincent. Ehrlich, er wird immer wunderlicher und seine Freunde sind lauter schräge Gestalten. Ohne Laudanum hätte ich die drei Wochen nicht überstanden!"

„Aber du hast mir ein neues Werk mitgebracht! Ich finde bestimmt …"

„Ich muss dich leider enttäuschen", sagte Gauguin.

„Oh nein. Bitte nicht noch ein van Gogh. Den krieg ich nicht los. Wer will den schon?", klagte Emile.

„Ich habe es ihm versprochen", sagte Gauguin.

„Manchmal kann man sich seine Freunde nicht aussuchen!"

„Und was für eine Banalität ist es dieses Mal?"
Gauguin öffnete die Rolle und Emile holte die Staffelei mit den Klemmen.

„Das ist doch nicht sein Ernst!"

„Ich fürchte doch", meinte Gauguin.

„Ein Heuschober im Nichts?", fragte Emile.

„Na ja. Die Farben sind ganz ansprechend", antwortete Gauguin.

„Schläfst du mit einer hässlichen Bäuerin, nur weil sie geschminkt ist?"

Gauguin lachte.

„Stell dir vor: er hat denselben Heuschober drei Mal gemalt. Im Sommer, Herbst und wie du siehst auch im Winter! Aber sei beruhigt: er ist in einem erbärmlichen Zustand. Verwirrt und aggressiv. Stell dir vor: er hat mich als ‚Schmeißfliege' bezeichnet. Das Bild zu dir zu bringen, ist das Letzte, was ich für diesen Irren tue!"

„Nur auf Kommission. Wäre es ein Bild von dir: jederzeit. Aber van Gogh wird nie ein gefragter Maler!"

„Wer weiß das schon. Wir sehen uns, Emile!"

Kopfschüttelnd betrachtete Emile das Gemälde. Dann kam ihm eine Idee.

Morgen käme dieser Jude aus Smyrna. Der lässt sich in der Regel alles aufschwatzen.

Und so wartete Emile Chappe auf Philipos Ischowitz, dem er tatsächlich am nächsten Tag den „Heuschober im Winter" verkaufte.

2

Mykonos, Ornos

Hauptkommissar Angelos Nikakis lag im abgedunkelten Schlafzimmer. Als sein Ehemann Yariv Nikakis das Haus betrat und kein Mucks zu hören war, wusste er Bescheid. Angelos litt noch immer unter den Folgen des Yussuf-Falls.

Yariv ging die Treppe hoch und schaltete das Licht im Schlafzimmer ein.

„Aufstehen! Du hast dich lang genug gequält. Wir setzen uns auf die Terrasse und reden. Und das ist ein Befehl!"

Tatsächlich kroch Angelos aus dem Bett, allerdings mit getrübtem Blick.

„Ich mache Espresso und du legst dich auf das Sunbed", befahl Yariv, ging in die Küche und war nach drei Minuten wieder zurück.

Er legte sich neben Angelos.

„Du musst aufhören, dich selbst zu zerstören. Ich weiß, was in dir vorgeht. Die eine Stimme sagt, du hast einen Massenmörder zum Selbstmord gezwungen und damit Menschenleben gerettet. Nebenbei nur nochmal die Zahl: etwa 200 Menschen verdanken dir ihr Leben. Die andere Stimme sagt, du hättest ihn laufenlassen können, denn er wurde schon als Kind manipuliert und war für seine Taten nicht verantwortlich. Aber wenn du ihn hättest laufen lassen: er wäre von den

Israelis oder den Amerikanern geschnappt worden – und säße jetzt in Guantanamo oder – noch schlimmer: er wäre in einem Folterkeller gestorben. Es gab keine Rettung für ihn und du hast die humanste Lösung gewählt. Du hast ihn nach muslimischem Ritus im Meer bestatten lassen. Moralisch hättest du nicht besser handeln können. Das Problem ist, dass du mit ihm geschlafen hast und dadurch eine Verbindung zwischen euch entstand!"

„Wir hatten nichts in der Hand. Und er stand auf mich. Es war die einzige Möglichkeit, ihn zu knacken und zu einem Geständnis zu bringen. Es gab keinen Plan B – das weißt du. Aber ich hatte Mitleid. Und einem Menschen beim Sterben zuzusehen, zwanzig elende Minuten lang, ist etwas anderes als einen flüchtigen Bankräuber zu erschießen!"

„Bankräuber? So etwas gibt´s heute nicht mehr. Was sollten sie denn erbeuten? Den Konto-auszugsdrucker?", fragte Yariv.

„Du weißt genau, was ich meine", knurrte Angelos.

„Ja. Gestatte mir aber, dass ich nicht erfreut war, dass mein Mann seinen Penis in einen Dschihadisten rammt!"

„Ich konnte keine andere Waffe mitnehmen", antwortete Angelos und grinste.

„Das ist keine Waffe, sondern eine Haubitze. Ein Wunder, dass Yussuf nicht schon während des Sex´ gestorben ist!"

„Sehr witzig. Du hast es doch auch überlebt. Und hast immer ordentlich Spaß, oder nicht?"

„Natürlich. Sonst hätte ich dich nicht geheiratet. Also: wir packen die Geschichte um Yussuf in ein Päckchen und versenken es im Meer. Danach musst du wieder auf die Beine. Du bist nicht nur Kommissar, sondern auch Bürgermeister und die Bürger erwarten, dass ihr Chef sich um sie kümmert!

Yariv drehte sich zu Angelos und legte seine Hand auf Angelos´ rechten Schenkel.

„Und ich brauche dich noch mehr. Na holla, fünf, sechs, sieben. Fast so schnell wie vorher!", sagte Yariv und grinste. „Du bist auf dem Weg der Besserung!"

„Ohne Desinfektion wegen Yussuf?", fragte Angelos.

„Wer war Yussuf?"

3

Smyrna (Izmir) 9.September 1922

Die Straßen waren unpassierbar geworden. Es war das real gewordene Chaos. Griechen und Armenier versuchten noch, aus der Stadt zu fliehen. Aber es war vergeblich, denn die türkischen Truppen hatten Smyrna bereits eingekreist. Fliehen konnte man nur noch über das Meer und skrupellose Fischer machten das Geschäft ihres Lebens.

Philipos Ischowitz stand auf dem Balkon seines kleinen Hauses im Judenviertel Smyrnas. Es lag genau zwischen dem armenischen Viertel und dem Hafen. Keine andere Gruppe fürchtete sich so vor den Türken wie die Armenier. Zu Recht, denn die meisten hatten keine Angehörigen mehr. Sie fielen dem Genozid der Türken zum Opfer und nun sollte sich das Geschehen vier Jahre nach dem Krieg wiederholen.

„Selbst schuld", dachte Ischowitz. Vor drei Jahren hatte die griechische Armee unter dem Jubel der Armenier die Türkei angegriffen, war sogar bis kurz vor Ankara vorgedrungen. Dann aber wendete sich das Kriegsglück und Kemal Pascha schlug die Griechen zurück. Smyrna wurde nervös. Mit jedem Sieg der Türken schlug die Stimmung mehr und mehr in Panik um. Und da die Griechen bei ihrem Rückzug nur verbrannte Erde und Massengräber zurückließen, erwartete Smyrna ein schreckliches Schicksal.

Das Schreien auf der Straße wurde immer hysterischer und Gerüchte die einzige Nachrichtenquelle.

Die Alliierten sind da.

Sie retten uns.

Englische Soldaten sind im Hafen gelandet.

Alles Humbug. Wunschdenken.

Philipos Ischowitz hatte nicht vor, sich auf die Flucht zu begeben. Er war Jude und beabsichtigte in Smyrna zu bleiben, auch wenn es denn in Zukunft Izmir heißen sollte.

Ischowitz war Antiquitäten- und Kunsthändler. Seine Klientel waren Europäer, meist Briten, die alle im Antik-Fieber waren. Und an Nachschub mangelte es nicht. Griechen wie Türken plünderten die Schätze ihrer eigenen Länder. Idioten.

Ischowitz ging in ein kleines Nebenzimmer, das ständig abgesperrt war. Er stellte sich vor das Bild auf einer Staffelei.

34 Jahre war es her, dass er das Bild in Paris gekauft hatte, aus einer Laune heraus, denn der Künstler war nahezu unbekannt. Vincent van Gogh.

Bei den Auktionen erzielte ein van Gogh mittlerweile bis zu 10.000 Pfund. Ischowitz lächelte.

Sein Sohn, Gabriel, kam hinzu.

„Vater, ich bitte dich: wir müssen weg!"

„Unsinn. Wir sind Juden. Armeen marschieren seit 3000 Jahren über uns hinweg und wir bleiben dennoch!"

„Ich bin da nicht so zuversichtlich wie du", knurrte Gabriel, aber sein Vater lächelte.

„AH! Jetzt begreife ich. Du hast dich abgesichert. Ich hätte es wissen müssen! Du bist ein Fuchs!"

„Nur so können wir überleben. Schneller und schlauer sein als die anderen!"

Plötzlich schepperte die Türglocke.

„Das ist bestimmt Oktay. Lass ihn rein und geh dann in den Laden", sagte Philipos.

Philipos hörte das Knarzen der Stufen. Oktay Gemel war kein Leichtgewicht und schwitzte sichtlich ob der Anstrengung.

„Das nächste Mal treffen wir uns im Café", knurrte Oktay.

„Gute Idee. Wir machen Geldgeschäfte in der Öffentlichkeit!"

„Als ob das im Moment jemand interessieren würde. In drei Tagen ist der Spuk vorbei", sagte Oktay.

„Und dann sind zweitausend Jahre griechisches und jüdisches Leben in Kleinasien vorbei", klagte Philipos.

„Haben wir den Krieg begonnen? Nein! Und euch Juden geschieht nichts. Nur für die Armenier wird es ungemütlich!"

„Was heißt, dass ihr sie ermordet, sollten sie nicht übers Meer flüchten können!"

„Das kommt davon, wenn man sich mit unseren Feinden verbündet. Wir haben ein langes Gedächtnis!"

„Du weißt, dass diese Meldungen nur Propaganda waren. Man wollte nur das Geld der Armenier!"

„Mit solchen Ansichten solltest du in Zukunft vorsichtig sein. Du willst ja weiterhin hier leben. In Izmir", sagte Oktay.

Izmir. Nicht mehr Smyrna.

Hunderttausend waren bereits geflüchtet. Nach Festland-Hellas und auf die Inseln. Samos, Lesbos und die Kykladen.

„Lassen wir die Politik. Hast du das Geld dabei?", fragte Oktay.

„Natürlich. Hier sind die vereinbarten 100 Golddollar", sagte Philipos und gab Oktay den Lederbeutel.

„Ich brauche nicht nachzählen. Du bist ein korrekter Händler. Das wissen auch die Türken in dieser Stadt!"

„Hoffentlich. Ich muss mich darauf verlassen können, mein Freund. Solche Ereignisse haben ihre eigene Dynamik. Es brennt schon überall in der Stadt!"

„Mach dir keine Sorgen. Das sind die verfluchten Armenier. Im Judenviertel ist es sicher. Und alle Armeeeinheiten haben strikte Anweisung, bestimmte Häuser zu schonen!"

„Die berühmte Grüne Liste existiert also wirklich!"

„Wir sind doch nicht dumm und zerstören eine Stadt, die uns schon fast gehört!"

„Stimmt. Es wäre unfassbar dämlich, entspräche aber der Intelligenz von Militärs", sagte Philipos.

„Hüte deine Zunge. Kemal Pascha ist ein Ehrenmann und von den Deutschen ausgebildet worden. Er weiß, was Effizienz und Organisation bedeuten. Gut, ich muss zurück nach Tekké und die Armee informieren!"

Philipos nickte.

„Ich danke dir, Oktay. Du warst immer ein guter Freund. Auf gute Geschäfte auch in Zukunft. Im neuen Izmir!"

Oktay verließ das Haus mit der Nummer 1455. Straßennamen gab es in Smyrna nicht.

Er lief in Richtung Tekké, dem türkischen Viertel. Der Anblick der Massen, die in Richtung Hafen strömten, bereitete ihm Freude. Endlich werden diese Schmarotzer aus der Stadt gejagt.

Er erreichte seinen Laden, ein kleines Antiquitätengeschäft, das deutlich schlechter lief als das von Philipos, der von der Nähe zum Hafen profitierte.

Er ging in einen Hinterraum und schaltete das brandneue Funkgerät ein.

Der Text lautete: HINZUFÜGEN 1455 GRÜNE LISTE.

Das entsprach der Vereinbarung mit Philipos.

Dann fügte Oktay noch hinzu:

HINWEIS: GEBÄUDE GRÜN, ABER ALLE BEWOHNER ELIMINIEREN.

Und so starb Philipos Ischowitz am 12. September 1922 – wie seine ganze Familie. Seine Kunsthandlung gehörte fortan Oktay Gemel,

Eingeschlossen ein Gemälde, das fast 100 Jahre später auf der anderen Seite der Ägäis wieder auftauchte.

Auf Mykonos.

4

Mykonos, Chora

Emanuel Ypsilanti war auf dem Weg zu seiner Galerie am Drei-Brunnen-Platz inmitten der Altstadt.

Wie jeden Tag quälte er sich durch die Menschenmassen, die er verabscheute. Seine Kunden kämen erst nach 23 Uhr, da sie sich – zu recht – durch den Pöbel belästigt fühlten.

Emanuel Ypsilanti hatte die Galerie von seinem Vater übernommen, der sie in den 60ern gegründet hatte. Zu der Zeit, als der internationale Jet-Set St. Tropez fluchtartig verließ und ein neues Paradies suchte. Und fand.

Mykonos – eine kleine Insel, auf der nur Fischer lebten, der keinen Flughafen hatte und auch sonst nur schwer zu erreichen war. Kurzum: die Reichen und Schönen fühlten sich wohl. Und da unter den VIPs viele schwul waren (und sind), erkoren sie Mykonos zu ihrem Elysium. Erstaunlicherweise hielt die orthodoxe Kirche still und auch während der Militärdiktatur drohte den schwulen Gästen auf Mykonos keine Gefahr.

Emanuel Ypsilanti seufzte. Damals – Mitte der 60er – machte sein Vater das große Geschäft. In der Galerie hingen signierte Fotos von Alain Delon, Peter Sellers und Brigitte Bardot.

Und heute? Heute verachtete Ypsilanti seine Kunden. Russen, Ukrainer und Araber. Von Kunst keine Ahnung, aber Hauptsache teuer und schlagzeilenträchtig.

Aber leider brachten die das Geld.

Er bog links ab und sah, dass ein Teil des Platzes abgesperrt war. Dazu standen große Feuerschalen herum. Dann fiel Emanuel Ypsilanti ein, dass am Abend der Ehemann des Bürgermeisters eine Vernissage in der neuen Galerie veranstaltet. Wieder jemand, der Malen nach Zahlen für Kunst hält, dachte Emanuel, obwohl er noch nie ein Bild des Künstlers gesehen hatte.

Dennoch würde er vorbeischauen. Gibt ja Canapés umsonst.

Aber vorher würde er ein Paket bekommen, dass ihn sehr interessiert. Sein neuer, anonymer Lieferant hatte ein weiteres Gemälde von Wert avisiert. Bisher waren dessen Schätzungen korrekt. Es waren keine Millionen-Seller, sondern Bilder von mittlerem Wert, die aber keinen öffentlichen Wirbel veranstalteten. Die Provision war aber absurd hoch. Irgendetwas konnte hier nicht stimmen. Nun, heute würde er diesen Mann kennenlernen, zumindest hatte er es angekündigt.

Doch Emanuel Ypsilanti wartete zunächst vergebens. Gegen 16 Uhr betrat ein junger Mann die Galerie, stellte ein Paket ab und verschwand nach wenigen Sekunden. Emanuel wollte ihm hinterherrennen, aber da war er schon verschwunden. Mist.

Bei der Versteigerung von „Christie´s" in vier Tagen würde er Auskünfte über die Provenienz vorlegen müssen. Das war schon bei den vorangegangenen Bildern ein Balanceakt und erforderte Geschick. Ypsilanti musste Vorbesitzer finden, die nicht jüdisch waren – und dennoch tot. Und dann ein paar vergilbte Blätter seines Vaters mit alter Tinte beschreiben, um sie dann als Kaufverträge zu präsentieren.

Kunsthändler sind keine Wohltäter. Sie sind per se gierig, hatte er zu seiner Frau einmal gesagt, kurz bevor sie das Weite gesucht hatte.

Ypsilanti entfernte das grobe Packpapier und stellte das Gemälde auf die große Staffelei.

Ah. Ein Theodor-Robinson. Ziemlich verdreckt.

Wenn man es wenigstens gereinigt hätte. So brauche ich es nicht zur Auktion bringen. Dann kam Emanuel eine Idee. Er würde den jungen Nikakis um Hilfe bitten. Für einen Restaurator fehlt schlicht die Zeit.

Und ob der Robinson einen Preis erzielt, der die Kosten rechtfertigt, war fraglich.

Also beschloss Ypsilanti, neben dem Verzehr von Stubenküken auch ein Gespräch mit Yariv Nikakis zu führen.

Was Ypsilanti nicht wusste: das Bild war kein Robinson.

5

Mykonos, Ornos

"Seh ich gut aus?", fragte Yariv.

"Hm. Nackt gefällst du mir besser", antwortete Angelos.

"Ich habe das Schlafzimmer deswegen abgeschlossen beim Umziehen. Einen röhrenden Hirsch kann ich eine Stunde vor meiner Vernissage nicht gebrauchen. Jetzt ehrlich!"

"Du siehst mehr als gut aus. Der Leinenanzug steht dir am besten", flüsterte Angelos Yariv ins Ohr.

"Geschütz einfahren, Großer. Das ist doch nicht zu glauben. Halte ihn bitte heute im Zaum …!"

"Tu nicht so, als würde ich dich blamieren. Normalerweise machst du das mit mir", knurrte Angelos.

"Wie lange willst du mir diese Gerichtsverhandlung noch vorhalten? Außerdem war es Richter Mantzaris, der deine Maße verkündet hat!"

"Nachdem du im Richterzimmer gemessen hast", antwortete Angelos.

"Mantzaris hatte viel Spaß!"

"Ich seitdem weniger!"

"Jetzt komm. In den ersten Wochen kamen jeden Tag 50 Briefe, Heiratsanträge, Einladungen zu Foto-Sessions. Es hat dich populärer gemacht!"

"Ja, toll. Der Polizeipsychologe meinte nach meiner Vergewaltigung, die XXL-Größe könnte eine Rolle gespielt haben. Dass mich Ben präsentieren wollte", sagte Angelos.

„Oh. Auf die Idee bin ich bisher gar nicht gekommen. Aber ganz abwegig klingt es auch nicht. Nun: ich werde das Thema nicht mehr erwähnen!"

„Das wird sich nicht vermeiden lassen. Schließlich spürst du das Thema jede Nacht. Und jetzt lass uns gehen!"

Zwanzig Minuten später bogen sie vom Fabrika-Platz links ab und erreichten den Drei-Brunnen-Platz.

„Wow. W-woher hast du das ganze Zeug her?", fragte Yariv.

„Die Feuerschalen und Lounge-Sessel vom ‚Scorpios', das Catering vom ‚Leto´s'!"

„Das sieht nach einem Großevent aus. Hoffentlich wird wenigstens ein Bild verkauft. Sonst wird es peinlich", sagte Yariv sichtlich nervös.

„Es sind bereits zwei verkauft", sagte Angelos und grinste.

„Wie das denn?"

„Nun. Kostas vom ‚Scorpio´s' und Giorgios vom ‚Nammos' haben mich gebeten, die Erneuerung der Wasserleitung vorzuziehen!"

Yariv lachte.

„Und dafür mussten sie ein Bild kaufen?"

„Durften!"

„Das ist sehr griechisch und untypisch für dich!"

„Nun. Es kostet die Gemeinde nichts und ich habe dafür nichts bekommen. Außer einem hoffentlich zufriedenen Ehemann", meinte Angelos.

„Manchmal habe ich den Verdacht, in dir doch den richtigen Mann gefunden zu haben!"

„Zu gütig. Ich reiße mir hier …"

Aber weiter kam Angelos nicht, denn Yariv begann ihn heftig zu küssen. Mitten im Trubel.

„Ich liebe dich. Zufrieden?"

„Geht so. Und jetzt los. Die Canapés müssen aus dem Kühlschrank und der Bollinger eingeschenkt werden. Künstler sein bedeutet: Arbeit", sagte Angelos.

„Zu Befehl!"

Zwei Stunden später kam auch Emanuel Ypsilanti zur Vernissage. Man muss immer wissen, was bei der Konkurrenz läuft. Bürgermeister und sein Lockenköpfchen waren im Gespräch mit einem älteren Herrn. Gute Gelegenheit, um sich umzusehen. Acht verkaufte Bilder, laut den Schildern. Nicht übel. Und Malen kann er. Gutes Gefühl für Farben und ein sauberer Pinselstrich.

„Glückwunsch, Herr Kollege, wobei ich nur Händler bin. Dennoch: Talent erkenne ich!"

Yariv überlegte kurz, ob das „Talent" als Spitze gedacht war, wollte aber keinen Streit mit einem direkten Nachbarn vom Zaun brechen.

„Vielen Dank. Ich bin ja kein Konkurrent. Sie liegen preislich weit über mir, sodass wir uns nicht ins Gehege kommen!"

„Mag sich ja auch ändern. Mir gefällt Ihre Pinselführung. Natürlich haben Sie mit Ihrem

Mann als Objekt und Akt noch eine zusätzliche Fangemeinde erschlossen", sagte Ypsilanti.

„Alles hart erarbeitet", meinte Yariv grinsend.

Erst jetzt kam Angelos hinzu.

„Herr Bürgermeister, Glückwunsch. Ich hoffe, bei meiner nächsten Vernissage bekomme ich auch den halben Drei-Brunnen-Platz zur freien Verfügung!"

„Wenn Sie sich gut führen, können wir darüber reden", sagte Angelos.

„Ich würde Sie noch um einen Gefallen bitten. Wenn Sie hier fertig sind, könnten Sie noch kurz bei mir gegenüber vorbeischauen? Ich möchte Ihnen noch etwas zeigen!"

„Eigentlich sind wir …", begann Angelos, aber Yariv unterbrach ihn.

„Machen wir. Der Champagner ist alle und dann dauert es nicht mehr lange!"

„Gut. Bis dann", sagte Ypsilanti.

Angelos verzog das Gesicht.

„Ich bin müde, Kleiner!"

„Er ist Nachbar und Kollege. Das wäre strategisch unklug. Er wird uns ein Bild zeigen wollen, das ist schnell vorbei!"

Zehn Minuten später überquerten Angelos und Yariv den Platz und betraten Ypsilantis Galerie.

„Ich habe mehr Platz als Sie und absichtlich auf jede Deko verzichtet. Die Kunden sollen sich nur auf die Exponate konzentrieren!"

„Sie sprechen jetzt aber bitte nicht von einem künstlerischen Raum-Zeit-Verhältnis", sagte Angelos.

Ypsilanti lachte.

„Keine Sorge. Reines Marketing. Der Künstler-Sprech amüsiert auch manche Beteiligte!"

„Wie beruhigend. Was wollten Sie uns zeigen?"

Ypsilanti winkte Yariv und Angelos nach hinten, wo sich wie von Zauberhand eine Tür öffnete.

Zu einem Raum, an dessen hinterer Wand eine Art Stahlschrank stand.

Ypsilanti drückte auf eine Fernbedienung. Der Schrank öffnete sich nach oben und unten, gleichzeitig fuhr ein Gemälde von unten hoch.

Yariv ging nach vorne und suchte nach der Signatur.

„Theodor Robinson. Er war einer der Spinner aus dem ‚Atelier des Südens, oder?"

„Beeindruckend, Herr Kollege. Sie sind ‚van-Gogh-Fan?"

„Na ja. der Fan war mein Gastprofessor. Er war regelrecht besessen und hat van Goghs Leben in epischer Breite behandelt. Soweit ich weiß, ist Robinsons Selbsteinordnung als Schüler schlicht falsch. Er hat daraus Kapital geschlagen, aber van Gogh war diese Fangemeinde lästig. Er hatte keine Schüler und hielt seine Fans sehr auf Distanz. Da er psychische Probleme hatte, schätzte er Gesellschaft nicht!"

„Vollkommen richtig. Robinson war ein Tritt-brettfahrer", sagte Ypsilanti.

„Nicht mal das Motiv ist sein eigenes. Den Heuschober hat er von van Gogh geklaut", meinte Angelos.

„Exakt. Die Kombination aus Motiv, Maltechnik und der Nähe zu van Gogh war Robinsons Masche. Aber das ist bekannt. Also, ein Robinson ist kein Knaller, aber dennoch etwa 30.000 Euro wert!"

„Er ist aber in einem erbärmlichen Zustand. Der Firnis ist beschädigt und die Leinwand brüchig", stellte Yariv fest.

„Da sind wir genau beim springenden Punkt. Er muss in einer Woche in einem vorzeigbaren Zustand sein", sagte Ypsilanti.

„Ach, zu dieser lächerlichen Auktion in Panormos", meinte Angelos. „Ich konnte sie leider nicht verhindern. Privatgrund!"

„Auch ,Christie´s' muss sich anpassen. Alle erwarten heutzutage ein Event. Man muss ja froh sein, wenn Auktionen von Bedeutung überhaupt noch in Europa stattfinden. Das Geld sitzt entweder in China oder Dubai", sagte Ypsilanti.

„Reisende soll man ziehen lassen. Menschlich sind diese Kunden sicherlich kein Verlust", ätzte Angelos.

„Äh, Jungs, zurück zum Thema. Wie sollten wir Ihnen denn helfen?"

„Beim Reinigen. Sie sind Maler. Sie wissen, worauf es ankommt. Wenn Sie mir helfen, könnten wir es schaffen. Für einen richtigen Restaurator fehlt die Zeit", sagte Ypsilanti.

„Ich glaube, mein Mann …", sagte Angelos, aber Yariv fiel ihm ins Wort:

„Es wäre aber meine erste Reinigung. Theoretisch weiß ich, was zu wäre. Wir brauchen Terpentinersatz, Azeton und Methylproxenol!"

Ypsilanti lächelte und deutete auf ein kleines Regal.

„Darf ich?", fragte Yariv und griff nach den Fläschchen. Er schüttete die Substanzen und Flüssigkeiten in eine kleine Schale und rührte um.

„Die Wattebäuschchen reichen niemals", sagte Yariv.

„Kommen morgen früh!"

Yariv kniete sich hin und wischte vorsichtig über eine winzige Fläche und drehte die Watte.

„Fast wie ein Profi. Hören Sie. Ich hänge gerne zwei Ihrer Bilder bei mir auf, kommissionsfrei. Das würde Ihren Kundenkreis deutlich erweitern!"

Yariv schaute auf den Wattebausch und sagte dann:

„Eine Woche wird knapp. Aber es schadet nichts, mal etwas Neues zu versuchen. Morgen um zehn?"

Ypsilanti strahlte.

„Wunderbar. Sie werden es nicht bereuen!"

„Watte. Wir brauchen mindestens zehn Päckchen", sagte Yariv und schob Angelos aus dem Nebenzimmer.

„Um zehn? Bist du verrückt? Um die Zeit siehst du doch noch gar nichts! Und überhaupt: du musst dich um die Verkäufe kümmern. Ich spiele nicht deinen Packesel", schimpfte Angelos. „Und außerdem: genau das waren meine Bedenken, als ich die Galerie gemietet habe. Dass du die Gesellschaft dieser Mischpoke suchst. Kunsthändler und deren Kunden. Die meisten kriminell und ich meine beide! Heute ist einer der wichtigsten Tage in deinem Leben, er lief super, aber du registrierst das gar nicht!"

Angelos wollte in die andere Richtung, aber Yariv hielt ihn am Bund fest und umarmte ihn von hinten.

„Der wichtigste Abend war der, als ich den Herrn Kommissar auspacken durfte", flüsterte Yariv Angelos ins Ohr.

„Schleimer", brummte Angelos.

„Du weißt, dass das stimmt. Meine kurze Rede war eine einzige Liebeserklärung an dich, falls du das nicht bemerkt hast!"

Was stimmte.

„Ich habe es sehr wohl bemerkt, aber bitte tu mir den Gefallen und halt dich von den anderen Kunsthändlern fern. Das gibt nur Ärger", sagte Angelos, als sie zum Auto liefen.

„Darum geht es nicht!"

Unter einer Laterne zog Yariv den Wattebausch aus der Tasche.

„Ich bin noch immer Kommissar und hier stimmt etwas nicht. Was siehst du?"

„Dreck", antwortete Angelos.

„Ja. Und ein bisschen schwarze Farbe. Ich habe mit Absicht den Bausch neben der Signatur angesetzt und sie leicht touchiert. Sie hat abgefärbt!"

„Unter dem Firnis ist das nicht möglich", sagte Angelos.

„Sehr gut, Großer. Die Signatur müsste darunter liegen und an der Stelle ist der Firnis auch nicht beschädigt, was bedeutet …"

„…dass die Signatur nachträglich angebracht wurde", ergänzte Angelos. „Aber warum? Ein Robinson ist nicht viel wert!"

„Genau dieses Rätsel will ich lösen. Deswegen werde ich morgen dorthin gehen. Um mehr zu sehen und vielleicht mehr zu erfahren. Irgendetwas ist da faul. Ich habe einen Verdacht, aber dazu muss ich in meinem Gedächtnis kramen", sagte Yariv.

„Was bedeutet: ich soll die Klappe halten, bis du ‚ich hab's' schreist!", sagte Angelos.

„Wie gut du mich doch kennst. Und außerdem bist du einfach süß, wenn du dich aufregst", sagte Yariv.

„Ich hab´s", rief Yariv.

Es war drei Uhr morgens.

Angelos schreckte hoch.

„Willst du mich umbringen? Was ist denn?"

„Mir ist etwas eingefallen", sagte Yariv.

„Da bin ich aber froh", knurrte Angelos, „ich höre dir aber nur zu, wenn du Espresso machst!"

„Na klar!", sagte Yariv und hüpfte aus dem Bett. Auch im Schlafzimmer stand eines der De-Longhi-Geräte, die für Angelos die Bedeutung einer Herz-Lungen-Maschine hatten.

Fünf Minuten später hatte Angelos den Espresso hinuntergekippt und war aufnahmebereit.
„Leg los!"

6

Smyrna (Izmir), vier Stunden vorher

Dieser Vollidiot, dachte Emre. Dieser gottverdammte Vollidiot. Emre geriet fast in Panik. Der Alte bringt mich um. Ausgerechnet jetzt, nur 7 Tage vor dem großen Coup, pfuscht dieser Wichser Ypsilanti herum, bringt den gesamten Plan in Gefahr.

Ja, es war ein Risiko. Aber wer konnte schon ahnen, dass „Christie´s" ausgerechnet in Mykonos die Sonderversteigerung abhalten würde. London, Dubai oder New York. Alles wäre besser gewesen als Mykonos, auch schon ohne Ypsilanti. Jetzt hatte Emre zwei Probleme am Hals. Zwar wusste der Grieche von nichts, war nur ein Spielball ohne Kenntnis der Akteure, aber er hatte Zuschauer von der Tribüne geholt und das war nicht vorgesehen.

Gut, Ruhe bewahren. Was waren die Optionen? Oberste Regel bei der Mission: keinerlei Aufsehen erregen. zumindest kein mediales. Würde ein

toter Kunsthändler es in die „Breaking News"
schaffen? Wohl eher nicht.

Zumindest wusste Emre, wen Ypsilanti ins
Vertrauen gezogen hatte. Er hatte „Herr Bürger-
meister" gesagt. Und der zweite war wohl sein
Partner.

Emre griff auf die Datenbank zu und gab
„Mykonos" ein.

„Scheiße", sagte er laut. Der Eintrag gefiel ihm
überhaupt nicht. Angelos und Yariv Nikakis. Und
Yariv würde morgen früh in der Galerie
erscheinen. Aufgrund des Eintrages war klar, dass
er keinen der beiden würde erledigen können.

Das Aufsehen wäre zu groß. Außerdem lautete
der Eintrag „sdt", son derece tehlikeli.

Extrem gefährlich.

Emre traf zwei Entscheidungen:

A: ich muss vor Ort sein.

B: Das Problem Kunsthändler musste bis zehn Uhr
gelöst sein.

Andernfalls würde der Lockenkopf das
entdecken, wofür Ypsilanti zu blöd ist. Zumindest
war die Entscheidung, die Galerie zu verwanzen,
goldrichtig gewesen.

Emre griff nach seinem Handy.

„Oktay? Dringender Auftrag. Mykonos. Vor
morgen zehn Uhr. Doppelte Bezahlung!"

„Machst du Witze? Wie soll ich denn bis zehn Uhr
dort sein? Ich kann ja nicht mit Equipment in die
Frühmaschine steigen!"

Er hatte recht.

Emre rechnete. Eine Stunde nach Athen. Dann nach Mykonos. Aber eine Privatmaschine nachts wäre alles andere als unauffällig. Nein.

„Nimm die Morgenfähre und passe ihn auf dem Weg zur Galerie ab!"

Und ich packe und fahre mit der Yacht nach Mykonos.

7

Während meiner Ausbildung als Kommissar habe ich abends Gastvorlesungen an der Uni besucht. Kunstgeschichte. Der Professor hieß ... hm ... Bouchard, von der Sorbonne. Er war regelrecht besessen von van Gogh, aber die Vorlesungen waren brillant. Und mich mochte er. Bouchard hat mich an einem Abend hinterher in eine Bar eingeladen", sagte Yariv.

„Noch einer, der auf die Kombination aus Löckchen und Hundeblick hereingefallen ist", seufzte Angelos.

„Er war verheiratet", sagte Yariv.

„Und du hattest eine Freundin", gab Angelos zurück.

„Ja. aber ... zurück zum Thema. Er hatte mitbekommen, dass ich mich wirklich interessiere, während der Rest apathisch im Lehrsaal saß. In der Bar hat er mit mir über van Gogh diskutiert. Über die Frage, ob er ein Psychopath war oder nur an Depressionen litt. Spielt aber keine Rolle. Er erzählte mir, dass es ein unbekanntes Werk von van Gogh geben müsste. Einer der Spinner vom ‚Atelier des Südens' hat in seinem Tagebuch geschrieben, van Gogh arbeite an seinem Heuschober-Trio. Wir aber kennen nur zwei, den bei Sonnenauf- und -untergang. Das dritte Gemälde wird sonst nirgends erwähnt, sodass sich alle Forscher einig sind, dass es dieses dritte Werk nicht gibt – außer Bouchard. Er meint, van Gogh habe das dritte Gemälde seinem Freund Gauguin mitgegeben. Zwischen dem Tagebucheintrag und dem Besuch von Gauguin liegen nur sieben Tage und van Gogh litt an akutem Geldmangel. Er könnte seinen Freund gebeten haben, das Gemälde so schnell wie möglich in Paris zu verkaufen!"

„Robinson könnte also von dem dritten Werk gewusst haben. Dass es irgendwie heimlich veräußert wurde. Eine Zweitversion anzufertigen war damals gefahrlos, denn van Gogh war noch kein Star und außerdem war die Kunstwelt noch nicht so vernetzt wie heute. Was aber nicht erklären würde, warum die Signatur sich entfernen lässt!"

„Stimmt. Ich muss das Bild genau unter die Lupe nehmen. Im Moment habe ich nur Bruchstücke, die nicht zusammenpassen!"

„Warum ziehst du nicht diesen Bouchard hinzu. Du hättest jemanden, der sich auskennt und deine Erkenntnisse einordnen kann", schlug Angelos vor.

„Bouchard lehrt noch immer in Paris. Der hat anders zu tun, als nach Mykonos zu fliegen. Außerdem wird er sich nicht an mich erinnern", meinte Yariv.

„Du unterschätzt die Wirkung deines Hunde-blicks", antwortete Angelos und lachte.

8

Yassas, Herr Kollege", sagte Emmanuel Ypsilanti.

„Yariv. Wir beseitigen zusammen Dreck, also können wir uns auch duzen!"

Ypsilanti öffnete den Stahlschrank und beide trugen das Bild zu einer verstärkten Staffelei.

„Ich habe das Süppchen schon angerührt", meinte Ypsilanti.

„Aber die Watte reicht nicht!"

„Stimmt. Ich hab sie bei Kostas bestellt. Ich hole sie schnell", sagte Ypsilanti und verließ die Galerie.

Yariv sah ihm hinterher. Plötzlich schien Ypsilanti stehen zu bleiben. Doch dann fiel er nach hinten und Yariv sah, dass der vordere Teil des Schädels nicht mehr existierte. Nichts mehr zu machen.

Yariv griff zu seinem Handy.

„Angelos? Ypsilanti ist eben erschossen worden. Scharfschütze von Norden!"

„Du bleibst drin. Schon unterwegs!"

Angelos nahm im Rathaus vier Stufen auf einmal und rannte durch die kleinen Gassen, stieß zwei Kellner samt Tablett zur Seite. Gott sei Dank war es kurz nach zehn Uhr morgens und die Altstadt noch relativ leer.

Als Angelos am Drei-Brunnen-Platz eintraf, sah er mitnichten einen leeren Platz. Das war einmal. Früher stoben die Menschen bei einem Schuss auseinander und suchten Schutz. Heutzutage geht man mit dem Handy möglichst nah ran, um „Exklusivbilder" für den Instagram-Account und Twitter zu liefern.

„Verpisst euch", schrie Angelos auf Griechisch, Englisch und Deutsch. Regelrecht empört verließen die Touristen ohne Eile den Tatort.

Was ist nur los mit den Menschen?

Yariv stand mittlerweile neben ihm.

„Das hättest du sein können", knurrte Angelos.

„Nein. Dann hätte mich der Schütze beim Betreten erschossen!"

„Was mich sehr beruhigt", murrte Angelos.

„Hallo? Mord? Tatort?", fragte Yariv.

„Maria kommt und lässt alles absperren. Der Täter ist längst weg!"

Angelos blickte nach Norden. 800 bis 1000 Meter entfernt. Windstill, was für einen Scharfschützen ideal ist.

„Großes Kaliber oder Hohlmantel", stellte Yariv fest.

„Ein Profi, der sicher nichts zurückgelassen hat", fügte Angelos hinzu. „Maria soll die Anwohner am Hügel befragen. Ich vermute, der Schuss …"

„…kam aus einem Wagen", ergänzte Yariv.

Angelos nickte.

„Alle Autoverleiher sollen uns Bilder von gestern und heute liefern. Vielleicht ist ein Treffer dabei", sagte Yariv.

„Vergiss es, Kleiner. Welcher Profi mietet ein Auto, ohne sein Gesicht zu verändern? Wir müssen uns auf das Motiv konzentrieren. Gute, alte Polizeiarbeit", meinte Angelos.

„Also zunächst das Büro", stellte Yariv fest.

Mittlerweile waren auch Maria und zwei Polizisten vor Ort.

„Maria, du weißt, was zu tun ist?"

„Klar, Angelos. Leiche in die Klinik. Straße säubern lassen. Spusi?"

Angelos schüttelte den Kopf.

„Das Geschoss würde uns nichts bringen. Nicht bei einem Profi. Aber frag die Anwohner am Hügel, ob sie etwas gesehen haben. Danke dir. Also, Yariv. Durchkämmen wir das Büro!"

9

Den Laptop lesen wir zuhause aus. Irgendwelche Papierunterlagen?", fragte Angelos.

Yariv schüttelte den Kopf.

„Kannst du Maria holen? Ich beseitige das Kabelwirrwarr!", sagte Angelos.

„Ja, Hübscher? Was steht auf deiner Wunschliste?", fragte Maria, als sie in die Galerie kam.

„Handyverbindungen der letzten vier Wochen bei Cosmote abfragen. Die gerichtliche Anordnung liegt in meiner Schublade!"

Maria lachte.

„Du meinst die Blanko-Formulare, die Mantzaris unterschrieben hat?"

„Natürlich. Dann die Kreditkarten. Es waren zwei, wahrscheinlich eine geschäftliche und eine private!"

Angelos gab sie Maria.

„Nach was soll ich suchen?"

„Nach einem Schema, auffälligen Summen. Vertraue einfach deinem Gefühl! Und jetzt nimmst du einen Wattebausch und tunkst ihn in die Blutlache", sagte Angelos.

„WAS BITTE?"

„Mach einfach, bitte. Erklärung später. Und sei nicht geizig! Dann gehst du bitte ins Büro und holst aus dem Stahlschrank die rote Schachtel!"

Und so erschien Maria kurz darauf mit einem blutigen Wattebausch, den sie weit von sich streckte.

„Danke", sagte Angelos, nahm den Bausch und fuhr damit über die Hinterseite des Gemäldes.

„Was tust du da?", fragte Yariv entsetzt.

„Blutspuren des Opfers auf dem Objekt, damit können wir es beschlagnahmen. Ansonsten müssten wir es hierlassen. Du kennst die Regeln!"

„Die du wieder mal umgehst", knurrte Yariv.

„Lassen wir es hier, ist es trotz des Siegels morgen verschwunden!"

„Du meinst das Bild ist der Grund für den Mord?"

„Es ist doch auffällig: der Mord geschieht nach unserem Gespräch mit Ypsilanti, aber bevor ihr begonnen habt, das Bild zu reinigen. In unserem Gespräch sagten wir zehn Uhr. Ihr wart beide etwas früher da, deswegen passierte der Mord um 10 Uhr 02. Und was sagt uns das?", fragte Angelos.

„Du vermutest Wanzen?", fragte Yariv.

„Eine andere Erklärung gibt es nicht. Jemand muss das Gespräch mitgehört haben!"

„Ich nehme an, wir nehmen das Bild mit nach Hause!"

„Ja. Samt der Reinigungsbrühe und der Watte. Dann machst du das, was du hier eigentlich machen wolltest!"

„Gut. Bleibt aber eine Frage. Ein Mord wegen eines Robinson-Gemäldes, das nicht gerade wertvoll ist?"

„Nein. Es geht um viel mehr. Gemälde sind neben Diamanten ein sehr sicheres Zahlungsmittel. Entweder als Direktzahlung oder über eine Auktion …"

„…um einen legalen Transfer vorzutäuschen, was für einen Weiterverkauf unerlässlich ist. Und was wäre da besser als …"

„… eine Auktion bei ‚Christie´s'!", ergänzte Angelos.

10

Mykonos, Panormos

Emre stand auf der Terrasse der gemieteten Villa in Panormos. Er blickte hinunter auf den weiten Sandstrand, das ‚Principote' und das für die Nordbucht so charakteristische hölzerne Segelboot.

Aber für die Schönheit der Natur hatte er keinen Blick. Ihm drohte die Kontrolle über die Mission zu entgleiten.

Ja, der eine Teil der improvisierten Rettungsmission hatte funktioniert, Ypsilanti war ausgeschaltet. Rechtzeitig, bevor der und Yariv Nikakis das Bild säubern konnten. Emre schüttelte den Kopf. Ein griechischer Galerist reinigt ein

Gemälde, das fast nichts wert ist. Was ist nur los in diesem Land? Hier wird doch sonst nichts gereinigt. Gut, die Reinigung war gestoppt und eine Verbindung zu dem Gemälde, zumindest dessen Geheimnis, nicht zwingend.

Zumindest hoffte er es, denn der große Zampano würde in einer Stunde anrufen und das Gespräch würde unangenehm werden. Aufsehen war das Allerletzte, was der Auftraggeber wollte. Ich werde den Einsatz des Scharfschützen gut erklären müssen, aber nur so war die Mission zu retten. Er würde es einsehen.

Nein, würde er nicht. Er läuft wie ein Bauer. Er ist ein Bauer.

Das Gemälde würden sie in einer der kommenden Nächte aus der Galerie holen. Das Siegel würde sie nicht hindern. Warum sollte Kommissar Nikakis das Bild mitnehmen? Vor allem, wohin? Im Rathaus war es auch nicht sicherer und außerdem war es fast wertlos.

Emre lauschte den Stimmen, die aus dem Knopf im Ohr zu ihm drangen.

„Was tust du da?"
„Blutspuren des Opfers auf dem Objekt, damit können wir es beschlagnahmen. Ansonsten müssten wir es hierlassen. Du kennst die Regeln!"
„Die du wieder mal umgehst".
„Lassen wir es hier, ist es trotz des Siegels morgen verschwunden!"

Emre raste das Herz. Dieser blöde Bulle.

Ich kann nicht bei einem Kommissar einbrechen oder ihn verletzen, schon gar nicht töten.

Wieder dachte er an den bevorstehenden Anruf. Emre folgte der Unterhaltung von Angelos und Yariv nicht mehr, Panik überfiel sein Gehirn.

Plötzlich schien sein Trommelfell zu zerreißen. Emre riss sich den Knopf aus dem Ohr und atmete mehrmals tief durch.

Als er den Knopf in das andere Ohr steckte, herrschte Funkstille.

Sie hatten die Wanze entdeckt.

Und nur noch 50 Minuten bis zu dem Anruf.

11

Mykonos-Ornos

Angelos stieg aus dem Auto und schnappte nach Luft.

„Diese Brühe ist ja schlimmer als Chloroform", fluchte er.

„Puuh. Ich glaube, das geht nur auf der Terrasse, sonst ersticken wir", stimmte Yariv zu. Dort stand bereits eine windstabile Staffelei und Angelos stellte das Bild auf der unteren Leiste ab und schraubte die Halterungen fest.

„So. Und jetzt rufst du diesen Professor an", sagte Angelos.

„Was? Erstens erinnerst sich der nicht an mich und außerdem kann der sicher nicht von der Uni weg", entgegnete Yariv.

„Wenn er von van Gogh besessen und seit Jahren auf der Suche nach dem verschollenen Bild ist, bin ich mir sicher, dass er kommt!"

„Aber es ist nur das Motiv, nicht der richtige Maler!"

„Ich bin trotzdem überzeugt, dass er kommt. Vor allem, wenn du ihm sagst, dass das Bild in sechs Tagen in die Versteigerung geht", sagte Angelos.

„Du willst das Bild in die Auktion geben? Es gehört uns nicht einmal", protestierte Yariv.

„So? Wo steht es denn? Bei uns. Nur über die Auktion bekommen wir Schwung in die Sache. Und jetzt versuchst du, diesen Professor zu erreichen. Vergiss nicht, dich mit deinem damaligen Namen zu melden", sagte Angelos.

„Als ob er sich daran erinnern würde", knurrte Yariv.

Angelos grinste nur.

Eine halbe Stunde später war klar, dass sich Professor Bouchard sehr wohl erinnerte.

„Ah, der Lockenkopf aus Athen. Ich bin eher überrascht, dass Sie sich an mich erinnern. Die meisten Studenten vergessen schon während der Vorlesung, dass ich da bin!"

„Ich war nicht mal Student", sagte Yariv.

„Ich weiß schon. Aber es zählt das Interesse. Sie wollten doch selbst anfangen zu malen?"

„Das habe ich auch. Seit einer Woche habe ich eine eigene Galerie!"

„Glückwunsch. Ich würde sie mir gerne anschauen, aber ich bin 75. Da reist man nicht mehr gerne", sagte Bouchard.

„Nun, es geht auch nicht um mich, sondern um den ‚Heuschober im Winter'. Ich bin mit dem Kommissar von Mykonos verheiratet und wir haben ein Gemälde entdeckt, dass einen Heuschober im Winter zeigt. Allerdings ist das Werk angeblich von Robinson!"

Stille.

„Sie machen sich lustig über mich, junger Mann!"

„Nein. Ich kann Ihnen gleich ein Bild schicken, Moment!"

Yariv fotografierte das Gemälde und schickte Bouchard die Aufnahme.

„Das kann kein Robinson sein. Ich packe meinen Koffer und bin morgen da, wenn es Ihnen recht ist!"

„Aber natürlich", sagte Yariv.

„Und Ihre Adresse?"

„Sagen Sie dem Taxifahrer einfach: zum Privathaus des Bürgermeisters!"

„Weiß noch jemand anders von Ihrem Fund?", fragte Bouchard.

„Leider ja. Aber bei uns ist es sicher. Zumindest hoffe ich das", antwortete Yariv.

Er ging von der Terrasse in die Küche und küsste Angelos auf den Kopf.

„Er kommt tatsächlich, schon morgen. Vielleicht sollten wir noch bei Interpol nachfragen, ob …"

„Du kennst die Regeln auf Mykonos!", sagte Angelos.

„Ja, sicher. Der Bürgermeister hat den Größten und immer recht!"

Leider ging Yariv nicht rechtzeitig in Deckung und so traf ihn das Feuerzeug mitten auf der Stirn.

„Unverschämtes Lockenmonster", knurrte Angelos. „Zweiter Versuch!"

„Wir brauchen niemanden, schon gar nicht Athen oder Brüssel. Autsch!"

„Selbst schuld. Was sollen wir denn mit Interpol? Die lachen uns aus, solange es um ein Bild geht, das vielleicht 23.000 Euro wert ist. Aber Maria hat vorhin angerufen. Ypsilanti hat seit fünf Monaten immer wieder große Beträge erhalten und dann auf ein Konto weitergeleitet. Jeweils immer 90% des Betrages! Dazu hatte er ein Durchlaufkonto!"

„Provision. Der Empfänger des Geldes? Lass mich raten: irgendeine Holding mit Sitz auf Aruba", sagte Yariv.

„Fast. Curacao. Der neueste Hit der Geldwäscher! Jedenfalls hat er die Beträge sicher nicht mit den Bildern in seiner Galerie erzielt. Gut, ich weiche jetzt von der Regel ab und lade Abu zum Essen ein. Ich denke, er kann uns einiges sagen!"

„Abu? Was haben Gemälde mit Drogen zu tun?", fragte Yariv.

„Wie glaubst du lässt er sich die Lieferungen bezahlen? Bargeld oder Überweisung? Sicher nicht. Diamanten sind viel sicherer – oder Gemälde! Und jetzt will ich fliegende Wattebäuschchen sehen", sagte Angelos und gab Yariv einen Klaps auf den Hintern.

12

Das Knattern des Hubschraubers ließ die Scheiben klirren.

„MUSS ER JEDES MAL IM STADION LANDEN?", brüllte Yariv gegen die Lautstärke der Rotoren an.

„BESSER ALS AM STRAND", schrie Angelos zurück.

Drei Minuten später stand Abu Bakar vor der Türe.

„Na, Jungs? Lang nicht mehr gesehen!"

Abu sah fit aus. Wie es sich für den erfolgreichsten Drogenhändler des östlichen Mittelmeeres gehört.

„Probier doch mal Sky-Diving. Ist nicht so laut", sagte Yariv. „Komm mit auf die Terrasse!"

Abu und Angelos begrüßten sich mit Küsschen auf die Wange. Der eine Kommissar, der andere Drogendealer, auch wenn Abu sich immer als „Unternehmer in Sachen Lifestyle" bezeichnete.

Er und Angelos waren Todfeinde und hatten sich beinahe gegenseitig umgebracht. Dann wurden sie Freunde, was aber nichts mit Korruption zu tun hatte. Es war ein Deal, der beiden etwas brachte: Angelos wollte Ruhe auf der Insel und die Drogenkriminalität beseitigen, indem man Drogen quasi legalisiert. Abu versprach, nur saubere Ware anzubieten und keine Chemie-pillen. Tatsächlich gab es seit Jahren keine Drogentoten mehr, weder unter den Konsumenten noch unter rivalisierenden Händlern.

„Ginge es wirklich um Drogen, müsste ich jede 70-jährige Oma einsperren, weil ihr Medizin-schränkchen voll mit Benzos und Valoron ist – und die bekommt es noch dazu auf Rezept. Absurd!", lautete Angelos Begründung.

„Du musst dich an die bescheideneren Ver-hältnisse gewöhnen. Die üppigen Dinners in der Villa …"

„… vermisse ich nicht. Oben warst du nicht glücklich", ergänzte Abu.

„An wem das wohl liegt?", lautete die rhetorische Frage, die Yariv mit einem Grinsen garnierte. „Ich hol dann mal die Pasta. Fangt ja nicht ohne mich an!"

„Niemals, Kleiner", sagte Angelos.

„Ich habe gehört, deine Vernissage war ein Erfolg? Glückwunsch, Kleiner. Was hat denn das teuerste Bild eingebracht?"

„Das war seltsam. Eine junge Frau kam zu mir, deutete auf ein Bild und gab mir ihre Kreditkarte.

3000 Euro. Und noch kurioser: sie hat es gleich mitgenommen. Hoffentlich hat sie es heil nach Hause gebracht!"

„Das hat sie. Nadia ist zuverlässig", sagte Abu und lachte.

„DU??? Das war der Akt von Angelos!"

„Ja. Wir beide sind das Symbol für den Sieg der Vernunft über menschliche Abgründe!"

„Amen", meinte Angelos.

Es hat einen Ehrenplatz in der Konferenzkajüte!"

„Also im Folterraum", bemerkte Yariv.

„Nun. Im Wohnbereich hängt schon alles voll.

Was möchtet ihr nun von mir?", fragte Abu, dessen Gesicht nichts mehr gemein hatte mit der furchtbaren Fratze früherer Jahre. Die Narben seiner Begegnung mit einem Flammenwerfer in Rakka waren beseitigt – nur das Glasauge zeugte noch von dem Grauen.

„Bleiben wir doch beim Thema Gemälde. Ich habe mich gefragt, wie du dich von Zwischenhändlern bezahlen lässt. Hier brauchst du ja keine, aber in Saloniki oder ...", begann Angelos.

„Schon begriffen", meinte Abu, der Zeitverschwendung hasste. „Wie in der Branche üblich. Edelsteine oder Sachwerte. Die Zeiten der Koffer voller Dollars sind schon längst vorbei! Ich nehme an, es geht um den Mord an dem Galeristen? Soll ich mich mal umhören auf der anderen Seite der Ägäis?"

„Mach das. Zurück zur Bezahlung", meinte Angelos.

„Zu Befehl. Ich bevorzuge Diamanten. Leicht zu transportieren und zu verstecken. Allerdings habe auch ich mich schon mit Gemälden bezahlen lassen!"

„Du hast ein Faible für Kunst?", fragte Yariv erstaunt.

Abu lachte.

„Ach was. Ich kann einen Picasso nicht von einem Rembrandt unterscheiden. Doch: bei Rembrandt sind die Frauen üppiger. Im Ernst: Gemälde sind eine sichere Geldanlage. Die Reichen werden immer reicher und es gibt nur eine begrenzte Zahl an wertvollen Bildern. Nach den Gesetzen des Marktes können die Preise nur steigen. Vor allem eines ist wichtig: richtig hochpreisige Gemälde kommen dafür nicht infrage!"

„Warum?"

„Weil der Wert mit der, äh, Rechnungssumme in etwa übereinstimmen muss. Maximal minus 20 Prozent ..."

„Da du die Kosten für das Geldwaschen sparst", ergänzte Angelos.

„Kluger Junge. Der Wert meiner Lieferungen beträgt meist zwischen 5 und 10 Millionen. Weniger rentiert sich nicht, mehr ist zu gefährlich. Also reden wir über Gemälde, die unter 10 Millionen liegen. Basis sind meist die Auktionswerte, die meist aktuell sind, da in der Preisklasse viel ver- und gekauft wird. Anders sieht es aus bei Terrorgruppen. Die haben uns das abgeschaut. Die Diebstähle aus Museen haben sich in den letzten zwanzig Jahren verfünffacht. Dahinter stecken mitunter Islamisten. Die stehlen auch auf Bestellung. Meist ungefährlich und mit einem Einbruch und einem van Gogh generierst du 50 Millionen Einnahmen, ein brillanter Weg. Zumal die Saudis ihre Unterstützung zurückfahren mussten …"

„… auf Druck der Amerikaner", sagte Angelos.

„Und dann gibt es noch eine Gruppe: Staatschefs in Bedrängung. Assad hat das Milliarden-vermögen seiner Familie umgeschichtet, da die Konten weltweit teilweise gesperrt wurden. Ihr glaubt, euer Galerist wurde ermordet, weil er in dunkle Geschäfte verwickelt ist?"

„Könnte sein. Wegen des Bildes auf der Staffelei bestimmt nicht. Das ist keine 30.000 wert. Außerdem ist auf seinen Konten ganz schön viel Bewegung", sagte Angelos.

„Er hat sein normales Bankkonto dafür benutzt?"

„Nur als Durchlaufkonto. Wohin das Geld ging? Keine Ahnung. Außerdem hatte er vor zwei Jahren eine Steuerprüfung und das ist wie ein Persilschein, wenn nichts zu finden war!"

„Und jetzt?"

„Morgen kommt ein Professor, der sich das Bild genauer anschaut. Dann sehen wir weiter", meinte Angelos.

13

Als Yariv in die Küche kam, tränten ihm die Augen.

Angelos lachte.

„Nicht doch lieber mit Maske?"

„Dann sehe ich nichts mehr. Also Restaurator werde ich schon mal nicht", sagte Yariv. „Und sehr viel weiter bin ich auch nicht. Ein paar Quadratzentimeter!"

„Und?"

„Schau es dir an!"

„Hm", murmelte Angelos, als er vor der Staffelei in die Knie ging. „Die Signatur von Robinson ist definitiv nachträglich aufgetragen worden!"

„Stimmt. Aber darunter ist nichts, also überhaupt keine Signatur. Und die Stelle ist zu klein, um den Pinselstrich beurteilen zu können", sagte Yariv.

Am Nachmittag kam Professor Bouchard. Er sah aus wie die Karikatur eines zerstreuten Wissenschaftlers: zerzauste Frisur, runde Brillengläser und in der Hand hielt er einen kleinen Handkoffer, mit dem ein Antiquitätenhändler ein stolzes Sümmchen erzielt hätte.

„Professor Bouchard, willkommen", sagte Yariv.

„Ist es immer so windig hier? Drei Kilo leichter und ich würde davonfliegen", knurrte der Franzose.

Yariv lachte.

„Geben Sie mir doch Ihren Koffer. Mein Mann ist auf der Terrasse!"

„Bonjour, Monsieur le Professeur, bienvenue à Mikonos. Je suis Angelos, le marie de Yariv. Asseyez-yous, s'il-vous-plaît!"

„Merci. Das Reisen macht keinen Spaß mehr. Oder ich bin zu alt dafür!"

„Möchten Sie erst ins Hotel?", fragte Yariv.

„Wozu das denn? Ich bin 75. Da ist die Zeit kostbar", sagte Bouchard und lächelte. „Ich kann mich ausruhen, wenn ich tot bin. Ist das Gemälde dort unter dem Tuch?"

Yariv nickte.

„Darf ich?", fragte Bouchard mit Leuchten in den Augen, als er den Zipfel des Lakens schon in der Hand hielt.

„Nur zu", meinte Angelos.

Bouchard war anzusehen, dass er ergriffen war.

„Ich hatte recht. Das Motiv gibt es also. Und das soll ein Robinson sein? Niemals. Robinson war ein untalentierter Pfuscher. Eher ein Stalker als ein Fan. Das Schreckliche ist, dass van Gogh 800 Bilder gemalt hat, aber zu Lebzeiten nur eines verkauft hat. Robinson hingegen hat im ersten van Gogh-Hype zwanzig Gemälde an den Mann gebracht. Nein, wer immer das gemalt hat, er war deutlich talentierter als Robinson! Allerdings ist es auch kein van Gogh!"

„Es kann auch kein Robinson sein, denn die Signatur war auf dem Firnis und verschwand beim Reinigen. Aber leider ist darunter keine andere!" Bouchard lächelte.

„Sie hätten in einer anderen Ecke anfangen sollen. Die anderen Heuschober-Bilder sind alle oben rechts signiert. Warum sollte es beim dritten Werk anders sein?"

„D-das wusste ich nicht", stammelte Yariv.

„Junger Mann, woher sollten sie auch? Aber wir sollten zwei Dinge tun. Oben rechts nach der Signatur suchen. Und in der Mitte ein Stück freilegen, damit wir sehen, was tatsächlich darunter ist!" Für die Bestimmung des Pinselstriches brauche ich nur ein paar Quadratzentimeter!"

„Aber dann ist das oberste Bild zerstört!"

„Und? Es ist nicht mal ein Robinson", argumentierte Bouchard.

„Ich übernehme die Mitte und Sie reinigen oben rechts. Der Firnis und die Schmutzschicht sind künstlich hergestellt worden. Ein bisschen Asche, Kaffeepulver – das Übliche. Wattebausch bitte!"

„Dürfen wir das überhaupt? Das Bild gehört uns nicht", gab Yariv zu Bedenken.

Angelos grinste.

„Aber natürlich. Herr Ypsilanti hat es dir geschenkt – zu deiner Galerieeröffnung!"

„Das stimmt doch gar nicht. Daher gibt es keinen Zeugen. Die Erben werden …"

„Er hat keine Erben. Maria wollte Angehörige benachrichtigen, aber es gibt keine. Niemand der hiesigen Anwälte hat ein Testament für Ypsilanti erstellt. Und außerdem gibt es einen Zeugen: mich. Aber keine Sorge: wir werden es nicht behalten, sondern dem zurückgeben, dem es gehört hat!"

„ZURÜCKGEBEN? Sind Sie wahnsinnig? Das Gemälde ist ein Mythos. Bei einer Auktion erzielen Sie mindestens 150 Millionen. Aber es muss unbedingt der Öffentlichkeit zugängig sein", regte sich Bouchard auf.

„Monsieur Bouchard. Unsere Aufgabe ist in erster Linie, den Mörder von Herrn Ypsilanti zu finden. Das Bild spielt erst mal keine Rolle. Das geben wir nächste Woche in die Auktion!"

Bouchard fror das Gesicht ein. Zu Yariv gewandt, meinte er:

„Ihr Mann ist verrückt. Er kann doch nicht …"

Yariv lächelte und klopfte M. Bouchard auf die Schulter.

„Sie kennen meinen Gatten noch nicht. Er stellt einen Satz in den Raum, auf den sich alle konzentrieren, während er außenherum Fäden spinnt!"

Angelos grinste.

„Wollt ihr nicht erstmal eure Watte sprechen lassen, bevor ihr 150 Millionen Euro verteilt?"

„N-natürlich", sagte Bouchard.

Zwanzig Minuten später hatte Yariv oben rechts ein „V" entdeckt – die für van Gogh übliche Signatur: Vincent.

In der Mitte legte Bouchard die Spitze des Schobers frei, mit Schnee auf der Spitze.

Bouchard kamen die Tränen.

„Mein Gott. Vierzig Jahre habe ich danach gesucht. Alle haben mich für verrückt erklärt.

Schauen Sie sich die Pinselführung an. Das IST ein van Gogh!"

14

D as Bild muss restauriert werden", meinte Professor Bouchard.
Yariv pflichtete ihm bei.
„Dazu ist genügend Zeit, wenn der Fall gelöst ist. Das Gemälde war 130 Jahre verschollen. Da kommt es auf ein Jahr mehr oder weniger nicht an, oder?", fragte Angelos.
Widerstrebend stimmte Bouchard zu.
„Aber dass es 130 Jahre verschollen war – mit der Entdeckung muss diese Geschichte neu geschrieben werden. Ich glaube, dass meine Vermutungen, für die ich verspottet wurde, der Wahrheit entsprechen!"
„Und das wären?", fragte Yariv.
„Da muss ich aber weit ausholen. Gauguin und van Gogh waren befreundet, wenn man dieses Wort bei einem Sozialphobiker wie van Gogh verwenden kann. Aber immerhin hat Gauguin van Gogh besucht, in der Provence. Van Gogh war in schrecklicher Geldnot, da er kein einziges seiner Bilder veräußern konnte!"

„Der Ruhm kommt also erst nach dem Tod. Du hast letzte Woche mehr Bilder verkauft als van Gogh, Kleiner", sagte Angelos.

„Weil du Käufer genötigt hast oder im Falle Abus, weil er mir einen Gefallen tun wollte", knurrte Yariv. „Professor Bouchard, bitte weiter mit der Geschichte!"

„Nun, ich habe immer vermutet, dass Gauguin eines von van Goghs Bilder mit nach Paris nahm, um es bei seinem Kunsthändler anzubieten. Ich denke, der hat es auf Kommissionsbasis angenommen. Und tatsächlich an einen Kunden verkauft. Der Kunde könnte ein jüdischer Grieche gewesen sein, der in Smyrna lebte. Dort hing es bis zur Vertreibung der Griechen 1922!"

„Die kleinasiatische Katastrophe", ergänzte Angelos.

Bouchard nickte.

„Und da verliert sich die Spur. Zu der Zeit war ein van Gogh aber schon von gewissem Wert. Insofern habe ich immer bezweifelt, dass es zerstört wurde. Ich vermute, irgendein Türke hat es an sich genommen. Danach? Ich habe keine Ahnung. Ich habe die Zeit der Gastvorlesungen in Athen benutzt, um in den Archiven zu stöbern, aber es war nichts zu finden!"

Angelos lachte.

„Sie konnten auch nichts finden. Der Bericht des britischen Diplomaten Rendel über die Ereignisse in Smyrna enthielt einige peinliche Enthüllungen, welche die griechische Regierung unter enormen Druck gebracht hätte. Gleichzeitig hätte der

Report die Türkei verärgert und das wollte man vermeiden, da Griechenland eigentlich Reparationen hätte zahlen müssen, dies aber den Staatsbankrott bedeutet hätte. Und so verschwand der Rendel-Bericht. Soweit ich weiß, ist er sehr detailliert, über 1200 Seiten. Und in ihm werden Namen genannt", sagte Angelos.

„Sie meinen, in dem Bericht könnte etwas über den Besitzer des Gemäldes stehen?", fragte Bouchard.

„Wenn überhaupt, dann da. An türkische Archive kommt niemand. Wenn der Besitzer …"

„Ischowitz", warf Bouchard ein.

„…ein Bürger von Bedeutung war, könnte es durchaus sein. Er war so vermögend, dass er Gemälde kaufen und nach Paris reisen konnte. Ein kleiner Handwerker war er sicher nicht!", fuhr Angelos fort.

„Tja, wir bräuchten halt den Bericht. Aber ich verstehe, dass der Mord im Fokus steht", sagte Bouchard fast ein bisschen deprimiert.

„Nun sag es schon", meinte Yariv.

„Das Bild und den Mord kann man nicht trennen. Es könnte ein ganzes System dahinterstecken. Eines, das vielleicht mit gestohlenen Gemälden gefüttert wird. Oder eine politische Dimension hat, wer weiß? Der Rendel-Bericht könnte hilfreich sein, wenn er Verbindungen aufzeigt, die bis heute nachverfolgt werden können. Aus dem Nichts kommt der Heuschober sicher nicht", sagte Angelos.

„Aber wenn der Bericht unter Verschluss ist?",
fragte Bouchard.

Yariv lachte.

„Mein Gatte ist ein enger Freund des Premierministers. Und da der einen Streit mit Angelos
scheut wie der Teufel das Weihwasser, können Sie
davon ausgehen, dass Ihnen der Bericht in Kürze
vorliegt!"

„Ich rufe ihn gleich an. Die Frage ist nur: wer liest
die 1200 Seiten?", fragte Angelos.

Bouchard lächelte.

„Es wird mir das größte Vergnügen sein!"

„Gut. Kleiner, dann musst du noch innerhalb von
fünf Tagen den Heuschober im Winter neu
malen!"

„Wozu das denn?", fragte Yariv.

„Soll ich etwa ein 150-Millionen-Gemälde in die
Auktion geben?", fragte Angelos.

15

Selbst auf der Terrasse konnte man Angelos´
lauter werdende Stimme hören.
Yariv lachte.

„Es ist wie ein Ritual: man frotzelt, man schimpft,
man droht – dann wird verhandelt wie auf dem

Bazar und Angelos bekommt, was er will, weil Migiakis seine Ruhe will!"

„Vor Namen hat Ihr Mann wohl keine Ehrfurcht. Ich kenne niemanden, der sich trauen würde, unseren Präsidenten anzuschreien – dabei wäre es dringend nötig", antwortete Bouchard.

„Respekt muss man sich erarbeiten, sagt Angelos immer – und er hat recht", meinte Yariv.

Und tatsächlich gab Premierminister Antonis Migiakis entnervt nach.

„Mit dir zu telefonieren ist wie eine Wurzelbehandlung ohne Betäubung", sagte er.

„Ich lasse den Bericht suchen und dann schicke ich einen Kurier!"

„Du brauchst nicht zu suchen. Der Report steht im Regal gegenüber deines Schreibtisches", sagte Angelos und grinste innerlich.

„Woher weißt ... Oh du Saukerl. Du hast mein eigenes Vorzimmer infiltriert!"

„Ich kann nichts dafür, dass Eleni meinem Fanclub beigetreten ist. Aber jetzt mach dir nicht ins Hemd. Der Bericht ist bei mir in sicheren Händen. Außerdem: was soll schon drinstehen? Das ist 100 Jahre her!"

„Hast du eine Ahnung. Der Bericht würde noch heute zu einem Erdbeben führen. Vielleicht sogar zu einem Krieg!"

„Verstehe. Ich nehme an, es geht um Korruption in Athen", sagte Angelos. „Eine typisch griechische Geschichte!"

„Noch viel schlimmer. Du wirst es beim Lesen begreifen!"

„Antonis, es handelt sich um ein Puzzlestück in einer Mordermittlung!"

„Hundert Jahre später?", fragte Migiakis erstaunt.

„Ja. Es geht um ein Gemälde, das 1922 in Smyrna verschwand!"

„Oh Gott. Ausgerechnet Smyrna. Bitte lass die Medien aus dem Spiel. Mit den Themen Mazedonien, EU und Smyrna lässt sich die Auflage steigern!"

„Izmir. Die Stadt heißt seit hundert Jahren Izmir. Wir müssen aufhören, in der Vergangenheit zu leben", sagte Angelos.

„Tja. Nur die Vergangenheit kann uns trösten. Die Gegenwart ist zu deprimierend", meinte Migiakis und legte auf.

„Sie bekommen viel Lesestoff", sagte Angelos, als er wieder am Tisch auf der Terrasse Platz nahm.

„Gut, dann kümmern wir uns jetzt um die Schlüsselperson!"

„Wer soll das sein? Der Käufer? Den kennen wir doch noch gar nicht", sagte Bouchard.

„Ich meine auch jemand anders", erwiderte Angelos: „Den Auktionator!"

„Was hat der denn damit zu tun?", fragte Yariv.

„Wenn ein übermalter van Gogh mit fehlender Vorgeschichte in einer Auktion angeboten wird, muss jemand im Auktionshaus involviert sein. Derjenige, der das Bild hat übermalen lassen, geht doch nicht das Risiko ein, dass ein anderer

Bieter den Zuschlag bekommt. Und wer ist die einzige Person, die das steuern kann? Der Auktionator. Und da die Auktion in fünf Tagen beginnt, müsste er schon auf der Insel sein. Er muss den Aufbau in Panormos überwachen und außerdem muss er die Bilder in Empfang nehmen", sagte Angelos.

„Dann fahren wir doch mal nach Panormos", schlug Yariv vor.

„Später. Erst rufe ich bei ‚Christie´s' an – als Bürgermeister. Ich sage denen, es gäbe Probleme mit der Stromversorgung. Dann bekomme ich sicher den Namen der Kontaktperson vor Ort, dessen Telefonnummer und vielleicht auch den Namen des Hotels, in dem er wohnt. Und wenn sie sich rückversichern wollen, können sie gerne zurückrufen: ich bin ja wirklich der Bürgermeister!"

16

Ian Rowling war durch und durch Brite. Jedes Fleckchen Erde außerhalb des Vereinigten Königreichs war in seinen Augen unzivilisiert. Daher war ihm Reisen ein Gräuel. Aber auch an „Christie´s" war die Globalisierung nicht spurlos vorbeigegangen. Das Geld saß nicht mehr im

Westen, sondern in China oder in Arabien. Vollkommen entsetzt hörte er von der Vorstandssitzung, in der beschlossen wurde, in Dubai und Hongkong Filialen einzurichten.

DAS war für Rowling das tatsächliche Ende des Empires: wenn britische Institutionen das Land verlassen.

Immerhin mutete man ihm keine Fernreisen zu. Die Sonderauktion auf Mykonos lag noch knapp innerhalb seiner Toleranzgrenze, auch wenn ihm vor dem Publikum graute. Lauter Neureiche, ohne jegliche Sachkenntnis. Sie wissen überhaupt nicht, was da an ihren Wänden hängt. Hauptsache teuer, damit man damit prahlen kann.

Rowling stand an der Kuppe, von der die Straße hinunter nach Panormos führt.

Ganz netter Ausblick, aber viel zu heiß und definitiv zu viel Sonne. Erst seit gestern auf der Insel, hatte sich Rowling bereits einen veritablen Sonnenbrand eingehandelt. Und dies trotz der Tatsache, dass er auch auf Mykonos seinen Kleidungskodex strikt einhielt. Missgelaunt blickte er an sich herunter und sah seine verstaubten Oxforder. Seine Laune besserte sich auch nicht, als er seinen Blick dem Zelt zuwendete: Natürlich lagen die Arbeiter weit hinter dem Zeitplan? Wie zum Teufel hat dieses Volk es geschafft, die Akropolis zu erbauen? Gut, dann mache ich es so, wie die ehemaligen Vizekönige von Indien: brüllen und in den Arsch treten. Bewährtes Rezept.

Und morgen Abend werde ich mich diskret vergnügen. Denn hinter der Fassade darf man alles. Selbst als Brite.

17

Ian Rowling. Er hat eine Buchung im ‚Bill'. Ich checke ihn in den Datenbanken und im Netz. Yariv: bitte frag am Flughafen, ob er schon eingereist ist. Und ruf Maria an. Ich brauche sie hier und sie soll das hier mitbringen!"

Angelos gab Yariv einen Zettel und der fing an zu lachen.

„Hallo Maria. Yariv. Unser Zampano möchte, dass du vorbeikommst und folgendes mitbringst ..."

„Lass mich raten: Wanzen, Kameras ...", sagte Maria.

„Ja. Und einen Peilsender. Dann noch etwas, was ich nicht verstehe: einen VBB aus der Asservatenkammer."

Maria lachte.

„Die Asservatenkammer ist ein Karton in Angelos´ Dienstzimmer. Und VBB ist der Verfahrens-Beschleunigungs-Beutel!"

„Mit Sicherheit etwas Illegales", meinte Yariv und lachte.

„Aber sowas von. Gemeint ist ein Beutel Kokain", sagte Maria. „Wird erledigt. Ich bin in 15 Minuten da!"

„So, Herr Professor. Sie hören die nächsten 15 Minuten einfach weg", sagte Angelos, als die Runde komplett war.

„Gut. Herr Rowling ist bereits hier und bestimmt auf der ‚Baustelle' in Panormos!"

Angelos gab Maria ein Foto.

„Du fährst nach Panormos. Finde heraus, welches sein Fahrzeug ist. Peilsender in den Radkasten. Du weißt, wie man das macht. Dann suchst du ihn und verwickelst ihn in ein Gespräch. Sag, du möchtest die Sicherheitsmaßnahmen überprüfen, da es einen anonymen Hinweis auf einen möglichen Raub gibt. Sag, der Hinweis sei vage. Vor dem Gespräch schickst du eine Nachricht. Dann haben Yariv und ich Zeit genug, um in Rowlings Zimmer Wanzen und Kameras anzubringen. Wenn sein Laptop da ist, wäre es noch besser. Dann spielen wir die Software auf, mit der wir mithören und -sehen können. Seine Suite liegt in einem separaten Gebäude, getrennt von der Rezeption!"

„Aber wie kommen wir rein?", fragte Yariv.

„Mit dem Geschenk von Yossi. Damit kann man alle Zimmer mit Keys öffnen!"

„Es lebe der israelische Geheimdienst", sagte Yariv. „Weiß er, dass du ein Exemplar seiner Karte hast?"

„Ich glaube, er hat sie schlicht vergessen", meinte Angelos und grinste.

„Und wenn wir zurück sind, malst du bitte weiter!"

„Und wenn es mir an Inspiration fehlt?", fragte Yariv.

„Du sollst nur etwas nachmalen. Aber ich bemühe mich, heute Nacht für Inspiration zu sorgen", sagte Angelos.

„Das habe ich befürchtet", antwortete Yariv.

18

Emre war vollkommen außer Atem, als er die letzten Stufen zu seiner Villa erklommen hatte. Es lagen gut hundert Meter zwischen dem Haus oben und dem Zelt auf dem Parkplatz hinter dem „Principote".

Er ließ sich in den nächstbesten Sessel auf der Terrasse fallen. Zumindest mit dem Engländer schien alles gut zu laufen.

Emre lächelte. Der Mann war ein Brite wie aus dem Lehrbuch. Steif, bei sengender Hitze im Anzug und mit Krawatte, garniert mit einem Kopf mit der Farbe eines Hummers.

Aber die kurze Begegnung beruhigte Emre. Wenn auch der erste Teil der Mission unglücklich verlaufen war: der zweite Teil schien nicht in

Gefahr. Niemand würde denken, dass der Auktionator und „Christie´s" beteiligt waren. Letztere ohne ihr Wissen.

Der Anruf des großen Meisters verlief weniger unangenehm als erwartet. Gebrüll war ohnehin nicht dessen Sache: es war eher die Stille, die wie ein Damoklesschwert über dem Gesprächsteilnehmer hing. Der große Meister – so sagten alle, die ihn kannten, sprach leise, aber deutlich. Wurde er leiser oder gar still, so drohte höchste Gefahr.

„Es war nicht hilfreich, den Galeristen zu neutralisieren. Zumindest nicht, ohne das Bild!"

„Es war zu wenig Zeit", entgegnete Emre, wusste aber, dass er besser den Mund gehalten hätte. Stille.

„Zu wenig Zeit gibt es nie. Nur schlechte Planung. Man muss alle Eventualitäten vorher einkalkulieren und für jede einzelne eine Strategie parat haben. Merken Sie sich das. Ich erwarte, dass ab jetzt nichts mehr schiefgeht. Ein Versagen werde ich nicht dulden. Haben Sie mich verstanden?"

„Jawoll. Ich werde sie nicht enttäuschen", sagte Emre.

„Das ist das Mindeste", war das Letzte, was Emre hörte.

Emre überlegte. Der einzige gefährliche Faktor hieß Nikakis. Neutralisieren käme nicht infrage. Er war kein Landpolizist, eine Ermordung würde zu einem Aufschrei führen. Also blieb nur: überwachen. Und hoffen.

In Ornos war es bereits Mitternacht. Aber Professor Bouchard würde trotz seines hohen Alters wahrscheinlich nicht eher ruhen, bis er den dicksten Wälzer, den Angelos je gesehen hat, durchgearbeitet hatte. Immer auf der Suche nach irgendeinem Hinweis auf das Gemälde und dessen Verbleib. Auch wenn ein Report von 1922 nicht zu Erkenntnissen über den heutigen Besitzer führen würde, dachte Angelos. Der Bericht könnte aber hilfreich sein, wenn es um die Frage geht, wem das Bild überlassen wird.

Doch hier täuschte sich Kommissar Nikakis. Der Report würde einen entscheidenden Hinweis liefern.

Doch so weit war es nicht.

Angelos und Yariv hatten sich verabschiedet und lagen bereits im Bett.

„Ich glaube, ich habe dich heute wieder mal herumkommandiert. Tut mir …", begann Angelos, aber Yariv legte ihm den Finger auf den Mund.

„Pst. Nicht entschuldigen für etwas, was richtig ist. Du bist der bessere Kommissar und ich helfe dir, wo ich kann. Dafür habe ich hier im Haus das Sagen", sagte Yariv und grinste.

„Gilt das auch für das Schlafzimmer?", fragte Angelos.

„Besonders da", antwortete Yariv.

„Und was wünscht Euer Gnaden?"

„Die zärtliche Variante. Den Stier lassen wir heute mal im Gatter! Ich muss morgen im Stehen malen. Da sind Schmerzen im Unterleib eher hinderlich!"

19

Das ist besser als der Robinson. Und zwar bei Weitem", sagte Angelos.

„Du willst mir schmeicheln. Das ist zwar nett, aber ..."

„Nein, junger Mann", sprang Bouchard Angelos bei. „Das kommt dem Original sehr nahe. Der Pinselstrich hätte Vincent gefallen – zumindest an den Tagen, an denen er helle war. Sie haben richtig entschieden, als Sie Ihren Beruf aufgegeben und sich für die Malerei entschieden haben!"

Yariv lachte.

„Entschieden hat das er", sagte Yariv und deutete auf Angelos. „Ich hatte Zweifel!"

„Dann hat Ihr Mann Ihr Potential richtig eingeschätzt. Und ich bin an der Sorbonne für meine vernichtenden Kommentare gefürchtet", sagte Bouchard.

„Also quasi ein Ritterschlag. Danke", antwortete Yariv. „Ist Maria schon in Panormos?"

„Nein. Rowling ist vor einer halben Stunde losgefahren. Lassen wir ihn etwas arbeiten. Zudem kann es sein, dass er etwas vergessen hat und zurückfährt. Wir warten noch eine Stunde", sagte Angelos.

„Sie wollen wirklich in sein Hotelzimmer einbrechen?", fragte Bouchard.

„Wir überprüfen lediglich die Klimaanlage", antwortete Angelos und setzte sich ein Cap mit der Aufschrift „LG Cool Air" auf. Zur Not haben wir einen Durchsuchungsbefehl dabei!"

„Sie haben mit einem Richter gesprochen?", fragte Bouchard erstaunt. „Sie sind doch gerade erst aufgestanden?"

Yariv lachte.

„Herr Professor. Auf dieser Insel stellt sich der Kommissar die Befehle selbst aus. Er braucht nur den Namen und das Datum eintragen!"

„Wie ein absolutistischer Herrscher", bemerkte Bouchard süffisant.

„Immer zum Wohle des Volkes", kommentierte Angelos lapidar.

„Und die Regierung in Athen sagt nichts?"

„Die Regierung fürchtet sich vor jedem Anruf des Herrn Bürgermeisters", erklärte Yariv. „Premierminister schätzen es nicht, wahlweise mit ‚Vollpfosten' oder ‚Vollidiot' begrüßt zu werden!"

Maria hatte Rowling schnell gefunden. Er war der Einzige, der um 11 Uhr schon nassgeschwitzt war und noch dazu war er eindeutig overdressed. Sie schickte Angelos eine Nachricht, dass die Luft rein war und startete die Aktion „Zutexten".

Kurz danach standen Angelos und Yariv vor der Suite von Ian Rowling im „Bill and Coo´s". Der Lärm half ihnen, denn die Anlage lag zwischen den beiden Kreisverkehren in der Oberstadt.

Angelos öffnete die Türe – und war sichtlich erfreut, denn Rowlings Notebook stand auf dem Schreibtisch.

„Yariv, warte mit den Wanzen. Vielleicht brauchen wir sie nicht!"

„Aber du kennst das Passwort doch nicht!"

„Das umgeht Yossis Software. Einfach beim Hochfahren im Bios einstecken. Dann können wir über das Mikro und die Kamera alles sehen und hören, ausgenommen der tote Winkel im Eingangsbereich. Also brauchen wir nur dort eine Kamera!"

Als Yariv den winzigen Würfel auf einem Bilderrahmen platzierte, ging die Tür auf.

Es war der Hotelmanager.

„Angelos? Was macht ihr denn hier?"

Angelos fing sich schnell.

„Keine Sorge, Bill. Mister Rowling steht im Verdacht, nicht ganz sauber zu arbeiten!"

Jetzt, Yariv, dachte Angelos.

„Na, was haben wir denn da?", sagte Yariv und zog ein Päckchen mit weißem Pulver aus der Schublade.

Der Manager schaute konsterniert.

„Himmel. ‚Christie´s' ist auch nicht mehr das, was es mal war. Dabei wäre Rowling der Letzte, dem ich so etwas zutrauen würde, so steif wie der ist!"

„Keine Sorge, Bill. Es wird keinen Zugriff hier geben. Kein Einsatzkommando, kein Blaulicht – nichts, was deine Gäste stört. Wahrscheinlich greifen wir ihn uns erst am Flughafen!"

Der Manager war mehr als erleichtert.

„Aber lass dir bitte nichts anmerken, Bill. Möchtest du den Durchsuchungsbefehl sehen?", fragte Angelos.

Bill schüttelte mit dem Kopf.

„Schon gut. Mir ist Diskretion das Wichtigste", sagte er und ging.

„Das war knapp", meinte Yariv.

„Ach was. Hoteliers sind alle gleich. Sie wollen nur Ruhe im Haus", entgegnete Angelos. „Fertig?"

Yariv nickte.

„Dann schauen wir mal, ob alles funktioniert", meinte Angelos.

Als Kommandostand diente ein Van, den sich Angelos von der Bäckerei „Veneti" ausgeliehen hatte.

„Das sieht gut aus", meinte er.

20

Scheißjob", knurrte Angelos, obwohl er wusste, dass Warten die hauptsächliche Tätigkeit jedes Polizisten war. Vorausschauend hatten die Herren ihre Mini-Espresso-Maschine mit in den Van genommen.

Gegen 19 Uhr kam Rowling zurück ins Hotel.

Fein säuberlich entledigte er sich seiner Kleidung und verschwand in der Dusche.

„Roter Kopf, der Rest weiß wie Schnee", sagte Yariv amüsiert.

„Wehe, er macht jetzt ein Nickerchen", knurrte Angelos.

Aber zumindest funktionierte die Technik. Beide Kameras lieferten optimale Bilder und das Geräusch der Dusche war deutlich zu hören.

Nach wenigen Minuten kam Rowling aus der Dusche, zog einen Bademantel an und setzte sich an seinen Laptop.

Durch die aufgespielte Software konnten Angelos und Yariv jederzeit sehen, auf welche Internetseiten Rowling zugriff.

„Hey, Großer. Schau mal. Jetzt wird es interessant", sagte Yariv.

Auf dem Bildschirm erschien eine Website namens golden-escorts.com.

„Schau hin. Dem Herrn ist nach Zerstreuung", sagte Angelos. „Er hat gerade im Suchfeld ‚Mykonos' eingegeben! Oh, bitte lass ihn ein Date buchen!"

„Warum? Zu deiner Unterhaltung?", fragte Yariv.

„Hetero-Sex? Nein, danke. Aber das wäre eine hervorragende Gelegenheit, mit ihm ins Gespräch zu kommen!"

Tatsächlich klickte Mister Rowling seine Vorlieben an.

„Der Herr steht auf jung und S/M. Das könnte doch witzig werden. Kann ich mir nur bei diesem Typen nur schwer vorstellen", sagte Angelos.

„Und er ist fündig geworden", antwortete Yariv.

„Eine Gina, Italienerin, 23. Kennst du sie?"

„Aber natürlich. Sie heißt Ludmilla, kommt aus Bukarest und ist 18, zumindest ihren Papieren nach. Ich habe sie einmal festgenommen, nachdem sich einer ihrer Kunden über die Peitschenhiebe beschwert hat. Dem Kerl hing die Haut in Fetzen vom Rücken. Rowling wird dieses Date sicher bereuen. In zweifacher Hinsicht", sagte Angelos.

„So wie ich dich kenne, möchtest du nicht gleich zugreifen, oder?"

„Bist du verrückt? Läuft es so, wie ich glaube, wird Mister Rowling mehr als gesprächig sein! Wie weit ist eigentlich Professor Bouchard?"

„Vorhin war er bei Seite 300. Da bleibt noch einiges übrig", sagte Yariv.

Doch das vergnügliche Date lief anders als Angelos vermutet hatte.

Rowling kniete auf dem Teppich, die Hände waren auf dem Rücken gefesselt und in seinem Mund steckte ein knallroter Ball, der mit einem Riemen am Kopf befestigt war.

Wäre in diesem Moment jemand an dem Van vorbeigelaufen, so hätte er lautes Gelächter gehört.

„Ich protestiere gegen die Verletzung der Privatsphäre eines Bürgers", sagte Yariv, musste aber lachen.

„Zur Kenntnis genommen. Die Datei müssen wir unbedingt speichern", antwortete Angelos.

In der Suite begann Gina/Ludmilla ihr Werk.

Die Peitsche knallte auf Rowlings untere Rückenpartie und trotz des roten Balls konnte man einen unterdrückten Schrei hören. Die

Schläge zwei und drei ließen das Lachen im Van verstummen.

„Grundgütiger. Also ich möchte nicht an Rowlings Stelle sein", sagte Angelos.

„Wir müssen rein", schlug Yariv vor, aber Angelos schüttelte mit dem Kopf.

„Zu früh. Er muss noch weichgeklopft werden!"

„Im wahrsten Sinne des Wortes", sagte Yariv als Hieb Nummer vier Rowlings Haut aufreißen ließ.

Doch Ludmilla hatte noch mehr Highlights im Köcher. Sie griff in ihre Tasche und holte zwei schwarze Brustklemmen heraus. Doch wider Erwarten machte sich Ludmilla zwischen Rowlings Beinen ans Werk.

„Was macht die denn da?", fragte Yariv entsetzt. Das Quieken des Delinquenten war trotz des Plastikknebels deutlich zu vernehmen.

Als die zweite Klemme am Hoden hing, spürten Angelos und Yariv selbst ein Ziehen zwischen den Beinen.

„Diese Klemmen kommen mir nicht ins Haus", sagte Yariv.

Angelos lachte.

„Keine Sorge!"

Derweil bemühte sich Ludmilla um eine weitere Steigerung der erotischen Spannung.

„Was hat sie denn da? Eine Thermoskanne?", fragte Yariv.

„Nicht wirklich. Ich vermute, das ist ein Dildo. Auch wenn er eher wie eine Tunnelbohrmaschine aussieht!"

Und Ludmilla – das musste man ihr lassen – ging mit Verve ans Werk. Sie rammte dem Auktionator den Dildo in den Hintern. Dann betätigte sie den Schalter, der am unteren des Gerätes angebracht war – mit fulminantem Resultat.

„Hat er gerade abgehoben?", fragte Yariv.

„Und tatsächlich bebte Rowlings Körper.

Aber Ludmilla war noch nicht fertig.

Sie stellte sich direkt über Rowling und pinkelte ihn an.

„Heteros", sagte Angelos. „Aber wir sind pervers. Alles klar. Was meinst du, Yariv? Sollen wir?"

„Ja. Aber nur mit Gummihandschuhen und Sagrotan!"

21

Ludmilla, Abmarsch", sagte Angelos, als er und Yariv die Suite betraten.

„Aber meine Accessoires ..."

Angelos zog die Augenbraue hoch und zeigte mit einem Finger Richtung Türe.

Ludmilla huschte schnell aus dem Zimmer.

Angelos musste sich zusammenreißen, um nicht loszulachen. Ian Rowling war verschnürt wie ein Fed-Ex-Päckchen. Ein Päckchen mit roten Striemen und strengem Geruch.

Mit Gummihandschuhen löste Yariv den Knebel.

„Halten Sie diese Irre auf", schrie Rowling.

„Warum?", fragte Angelos.

„Sehen Sie das nicht?", brüllte der Brite.

„Ich sehe nur, dass Sie das bekommen haben, was Sie bestellt haben!"

„Woher …? Wer zum Teufel sind Sie?"

„Entschuldigung. Wo bleiben nur meine Manieren? Mein Name ist Nikakis und ich bin der örtliche Hauptkommissar. Der andere Herr ist mein Mitarbeiter!"

„Dann binden Sie mich endlich los", sagte Rowling. „Ich bin verletzt!!"

„Hm. ich halte das für keine gute Idee. Aber wenn Sie wünschen, setzen wir das übliche Procedere in Gang. Wir bringen Sie ins Krankenhaus und informieren Ihre Angehörigen. In Ihrem Fall Ihre Frau Ruth. Sollte sie fragen, was passiert ist, wäre es sicher einfacher, ihr ein Foto zu schicken. Yariv, würdest du bitte ein paar Aufnahmen vom Tatort machen?"

Rowling zerrte an seinen Fesseln.

„Ich sage nichts", presste Rowling hervor.

„Das ist schade", meinte Angelos, kniete neben Rowling und drückte den Schalter des Dildos.

Rowlings Körper zuckte unkontrolliert.

„AUFHÖREN", brüllte er.

„Können wir jetzt mit einem konstruktiven Gespräch beginnen?", fragte Angelos.

„Ja", sagte Rowling leise. „Aber bitte ziehen Sie dieses Ding raus!"

„Rohrzange?", fragte Yariv leise.

Angelos nickte.

Kurz darauf kam Yariv wieder und entfernte den überdimensionalen Stöpsel. Rowling atmete erleichtert auf.

„So. Und jetzt unterhalten wir uns über die bevorstehende Auktion. Sie ist übermorgen, oder?"

„Als ob Sie das nicht wüssten. Aber es ist eine ganz normale Auktion. Nichts Hochkarätiges", sagte Rowling.

„Zum Beispiel ein Robinson, Heuschober im Winter, Wert etwa 30.000!"

„Kann sein. Ich kenne den Ausstellungskatalog nicht auswendig. Schon gar nicht die billigen Bilder", sagte Rowling, noch immer am Boden liegend.

„Sie wissen nichts über den Robinson? Na gut. Yariv, reich mir bitte mal die Tunnelbohr-maschine!"

„NEEEIIN!! Bitte nicht", rief Rowling.

„Ich höre", meinte Angelos, der es sich zwischenzeitlich in einem Sessel bequem gemacht hatte.

„Sie würden nicht fragen, wenn Sie nicht wüssten, dass unter dem Robinson etwas anderes steckt.

Was genau, weiß ich nicht, auch wenn das Motiv auf einen van Gogh hindeutet. Ich will es gar nicht wissen!"

„So wenig professionelles Interesse?", fragte Angelos.

„Ich habe nur ein Interesse: dass meine zwei Töchter unversehrt bleiben", sagte Rowling leise.

„Sie sind entführt worden?"

„Noch nicht. Aber so ist es viel schlimmer. Sie wissen immer, wo die Mädchen sind. Sie haben sie sogar schon angesprochen, Bilder mit ihnen gemacht. Nur, um mir zu zeigen, dass sie jederzeit zuschlagen können!"

„Das Risiko zur Polizei zu gehen, ist zu groß?", fragte Angelos.

Rowling lachte.

„Glauben Sie mir. Diese Leute brauchen keine Polizei der Welt fürchten. Sie tun, was sie wollen!"

22

Vor drei Monaten hat man mich auf offener Straße überfallen. Ein Van hielt neben mir und bevor ich ihn überhaupt registrierte, ging die Seitentüre auf und zwei maskierte Männer zogen mich hinein. Dann verprügelte man mich, aber ‚keine Schläge ins Gesicht', sagte einer der Maskierten. Dann fuhren sie mich zu einem Landsitz, aber ich habe keine Ahnung, wo der lag. Ich hatte auch jedes Zeitgefühl verloren. Dort setzte man mich hinter eine blickdichte Wand.

Dann ertönte eine Stimme, die mir Anweisungen gab. Und zwischendurch warfen sie Bilder meiner

Töchter an die Wand. Es war furchtbar, denn ich wusste nicht, ob sie nicht auch zeitgleich meine Töchter entführt hatten!"

„Sie haben also niemand gesehen?", fragte Angelos.

„Nein. Nur die zwei maskierten Männer die mich bewachten!"

„Irgendwelche Tattoos oder ein Akzent beim Sprechen?"

„Ach wissen Sie. Heutzutage sprechen selbst die Engländer schlechtes Englisch. Es könnte ein arabischer Akzent gewesen sein!"

„Und was wollte man von Ihnen?", fragte Angelos.

Rowling holte tief Luft.

„Man teilte mir mit, dass auf drei Auktionen Bilder ohne großen Wert veräußert werden. Ich sollte dafür sorgen, dass die Bilder möglichst schnell versteigert werden und Fremdgebote übersehen oder nicht zulassen!"

„Das geht?", fragte Yariv.

„Der Auktionator entscheidet alles. Es gibt keine Kontrolle!"

„Am Wichtigsten war den Herren sicher die Provenienzbestätigung oder? Sie sollten sie einfach durchwinken. Stempel drauf, schnell durch die Auktion jagen", sagte Angelos.

Rowling nickte.

„Ein solcher Aufwand wäre für wertlose Bilder unnötig. Also muss irgendetwas mit den Gemälden nicht stimmen. Ich habe vermutet, dass es sich um übermalte Bilder handelt. Das ist nicht wirklich neu. Über eine Auktion kann man Bilder zollfrei verschicken, eine richtige Prüfung findet in der Preiskategorie nicht statt. Eine Art Geldwaschmaschine ohne großes Risiko!"

„Dank eines Auktionators, der daran beteiligt ist", sagte Angelos.

Rowling lachte.

„Das funktioniert auch ohne Auktionator. Man stiehlt ein Bild, übermalt es, bietet es an und informiert die Sammler, wann es zum Verkauf steht. Die Auktionshäuser sind gar nicht in der Lage, alles zu prüfen. Dabei handelt es sich um Sammler, die den Erwerb natürlich geheim halten.

Denen geht es nur um das Besitzen. Die meisten der gestohlenen Bilder hängen in den Kellerräumen eines Sammlers. Aber die Empfänger sind nicht die Diebe, sondern deren Auftraggeber: Despoten, Terrorgruppen!"

„Aber in diesem Fall läuft es etwas anders, nicht wahr? Warum gehen die Herren das Risiko einer Entführung ein, auch wenn man Sie hat laufen lassen?", fragte Angelos.

„Weil es sich offensichtlich um einen Transfer handelt, der extrem wertvoll ist und bei dem nichts schiefgehen darf", antwortete Rowling.

„Wie bei einem van Gogh", meinte Yariv.

„Ein van Gogh? Niemals. Das Werk van Goghs ist extrem gut erforscht. Da gibt es keine unentdeckten Werke. Wir sind in den Jahren um 1880 und nicht im 15. Jahrhundert!"

„Ausgenommen der ‚Heuschober im Winter'‟, erwiderte Angelos.

Rowling lachte.

„Den gibt es nicht. Er ist nirgendwo erfasst oder erwähnt. Ich weiß, dass irgendein Franzose mal behauptet hat, es gäbe ihn, aber das ist eine Spinnerei!‟

„Zurück zum Thema. Die Herren wollten dieses Mal eine Zusatzleistung, oder?‟, fragte Angelos.

Rowling nickte.

„Ich soll den Zuschlag steuern. Und zwar zugunsten eines Telefonbieters, der nach dem Aufrufpreis von 20.000 mit 20.500 einsteigt. 500-er Schritte sind ab 20.000 unüblich. Daran soll ich ihn erkennen!‟

„Und die Zahlung? Sie muss doch über ‚Christie´s' laufen!‟

„Ja. Der vordergründige Handel, also der des Robinson, läuft über die Bücher. Wenn man hinterher durch einen ‚Zufall' einen von Gogh darunter entdeckt, ist das ein Glücksfall, vor allem dann, wenn die Provenienz des oberen Gemäldes zumindest größtenteils vorliegt. In keinem Museum hängt ein Robinson, also kann das Bild nicht gestohlen sein!‟

„Aber natürlich zahlt der Käufer für einen van Gogh. Zahlt der direkt an den Anbieter?‟, fragte Angelos.

Rowling schüttelte den Kopf.

„Das würde auffallen. Überweisungen in der Höhe werden erfasst. Zwar geben die

Empfängerbanken oft keine Daten heraus, aber das Risiko ist zu hoch!"

„Und für die Problemlösung braucht man Sie. Sie haben eine Kontoermächtigung Ihres Arbeitgebers.

Rowling nickte.

„Ich leite manche Auktionen in Europa. Dazu werden meist Konten in den jeweiligen Orten eröffnet. Die Steuern, besonders die Mehrwertsteuer, sind in manchen Ländern viel niedriger als am Hauptsitz!"

„Die Niederlande, die Schweiz und so manches Land im Osten, wo die Polizei und Steuerbehörden nicht genau hinsehen", sagte Angelos. „Über welche Konten läuft die Zahlung für die Auktion hier?", wollte Angelos wissen.

„Über die First Russian in Moskau", sagte Rowling. „Es werden immer vier Konten angelegt: Euro, Dollar, Yen und Franken. Ich sollte ein fünftes anlegen und die Zugangsdaten an diese Leute weiterleiten. Natürlich taucht das fünfte Konto nirgends auf. Es gibt ja auch keine Rechnungen!"

„Begriffen. Der Käufer bietet also über Telefon. Muss er sich nicht authentifizieren?", fragte Angelos.

„Natürlich. Er muss sich vorher in London anmelden und bekommt einen 16-stelligen Code mit zwei Sicherheitsfragen. Aber ob der Name stimmt, wissen wir nicht. Wir sind keine Experten für Passfälschungen!"

„Das ist egal. Statt ‚Folge dem Geld' gilt hier ‚Folge dem Bild'. Gut. Das bedeutet, wir müssen auch einen Code beantragen?", fragte Angelos.

„Warum das denn?", fragte Rowling.

„Ja, weil mein Ehemann der Eigentümer des Robinson-Bildes ist", sagte Angelos.

„Aber das Bild wurde von einem Galeristen angemeldet. Ein Herr Ypso …"

„Ypsilanti. Der Herr ist aber verstorben und hat das Bild vorher meinem Mann geschenkt", sagte Angelos.

„Gibt es eine schriftliche Bestätigung der Schenkung?", fragte Rowling.

„Unnötig. Ich war Zeuge. Wer ist glaubwürdiger als ein Kommissar und Bürgermeister?", entgegnete Angelos mit einem Grinsen.

„Äh, ja, natürlich. Wenn Sie vor Ort bieten, können Sie sich auch dann noch registrieren lassen. Aber nur Sie. Der Eigentümer natürlich nicht!"

„Und wie soll die Übergabe vonstattengehen?"

„Ich glaube, ein Kurier holt es am folgenden Tag. Ich müsste aber nachsehen. Wie gesagt, es ist ein Bild der unteren Kategorie!"

„Ich denke, das war´s. Wir sehen uns dann vor der Auktion. Das Bild bringen wir Ihnen vorbei", sagte Angelos.

„Denken Sie bitte an den Dresscode", meinte Rowling.

„Natürlich. Als Kopfbedeckung diese niedliche Ledermaske?"

23

Zuhause in Ornos war Professor Bouchard über dem dicken Wälzer eingeschlafen. Erst durch das Brummen der Espresso-Maschine wachte er auf.

„Schwere Kost?", fragte Angelos.

„Der Bericht ist doch vertraulich, oder?", entgegnete Bouchard und lächelte.

„Guter Mann", sagte Angelos.

„Aber so viel kann ich sagen: der Bericht würde die ganze Region in Aufruhr versetzen. Die offizielle Version wäre nicht mehr zu halten", meinte Bouchard.

„Irgendetwas über den ‚Heuschober'?", fragte Yariv.

Bouchard schüttelte mit dem Kopf.

„Nein. Aber ich bin erst bei Seite 512. Ab Seite 800 kommen dann die Zeugenaussagen. Nur darin kann das Bild erwähnt sein – wenn wir Glück haben!"

„Es eilt nicht. In die Auktion gehen wir mit der Fälschung", sagte Angelos.

„Schon. Dennoch ist mir nicht wohl. Es wäre ein Leichtes hier einzubrechen", meinte Bouchard.

„Das täuscht, Professor. Keine Sorge", beschwichtigte Yariv.

Gegen Mitternacht landeten Angelos und Yariv im Bett.

„Jetzt kommt die große Manöverkritik oder täusche ich mich?", fragte Angelos.

Yariv kuschelte sich an Angelos und sagte:

„Nein. Auch wenn ich Mitleid mit Mister Rowling habe! Du hättest es beim ersten Hieb unterbrechen sollen!"

„Dann wäre er noch nicht soweit gewesen zu reden. Dass es so vergnüglich werden würde, konnte ich ja nicht ahnen. Nebenbei: solltest du mich jemals anpinkeln, fliegst du raus!"

Yariv lachte, ließ die Augen klimpern und setzte seinen Hundeblick auf.

„Das würdest du niemals tun!"

„Sehr selbstsicher, junger Mann!"

„Ich hätte aber noch einen Vorschlag", sagte Yariv. „Davor aber möchte ich dir zeigen, warum du mich niemals rausschmeißen würdest!"

Angelos lachte.

„Ah. Du willst mich weichklopfen. Gut. Wer schwingt das Zepter?"

„Na wer wohl? Im Bett du, im Haus ich", sagte Yariv grinsend.

Eine Stunde später lagen beide schweißnass im Bett.

„W-was wolltest du noch für einen Vorschlag machen?"

„M-moment, erst Luftholen. Was wollte ich denn? Ah. Die Auktion. Ich halte es für verkehrt, dass du als Bieter auftrittst. Damit stehst du ohne Not in der Schusslinie. Ich weiß, dass du das gerne tust. Aber du würdest noch einige Tage in Ruhe ermitteln können. Vielleicht bringt unser Professor noch Neues zutage!"

„Und wer soll den Bieter spielen?"

„Na Abu, wer sonst?", sagte Yariv.

„Du weißt, dass er seine Yacht fast nie verlässt", widersprach Angelos.

„Das soll er auch nicht. Auch er kann als Telefonbieter an der Auktion teilnehmen. Er muss lediglich das Authentifizierungsverfahren durchführen. Zeitlich schaffen wir das", sagte Yariv.

„Du hast ausnahmsweise recht. Dann rufe ich morgen Abu an. Vielleicht macht es ihm ja Spaß!"

24

Abu Bakar war gerade dabei, einem seiner Vertriebsagenten beizubringen, was auf Mykonos galt und vor allem, wie man als Abus Mitarbeiter mit Anweisungen umgehen sollte.

Auf Abus Yacht, seinem ständigen Wohnsitz, gab es ein Besprechungszimmer (der Begriff Kajüte verbat sich aufgrund der Dimension), wo weniger besprochen denn befohlen oder bestraft wurde. Der gefesselte Delinquent hing in seinem Stuhl und zeigte gewisse Deformationen.

„Was sind meine Anweisungen für Mykonos? Nicht an Jugendliche verkaufen und nichts strecken!"

Der Drogenkurier hatte beide Anweisungen ignoriert, aber natürlich erfuhr Kommissar Nikakis von den Solonummern des Kuriers – und erinnerte Abu Bakar an den Deal, den beide geschlossen hatten. Abu war erzürnt, denn über die Jahre hatte sich eine enge und ungewöhnliche Freundschaft zu Angelos Nikakis entwickelt. Nein, es war kein Geld im Spiel, vielmehr hielt Nikakis die Drogenpolitik für unsinnig. Er vermutete immer, dass die Polizei auf Drogenjagd gehen sollte, um zu verhindern, dass sich Polizei und Justiz mehr mit Wirtschaftskriminalität beschäftigen konnten.

„Mykonos ist ohne Drogen nicht denkbar. Und mir ist es lieber, dass kontrolliert verkauft wird", erklärte er Yariv das ungewöhnliche Arrangement.

Nach dem letzten Schlag ins Gesicht, sagte Abu: „Das war eine Warnung. Und es gibt nur die eine. Solltest du dich nicht daranhalten, werde ich dich als zweiten Anker benutzen!"

Just in diesem Moment vibrierte Abus Telefon. Es war Angelos.

„Störe ich dich bei einem Mitarbeitergespräch?"

„Das Gespräch ist bereits beendet", sagte Abu Bakar.

„Lebt er noch?", fragte Angelos und lachte.

„Auf Bewährung darf er weiter atmen. Aber du rufst sicher nicht deswegen an!"

Und Angelos erklärte ihm, worum es geht.

Abu lachte.

„Du machst Witze? Ich soll also ein wertloses Bild zum zehnfachen Preis kaufen? Warum?"

„Zur Not sollst du auch noch höher gehen. Ich bleibe während der Auktion mit dir in Verbindung. Bis 200.000 bietest du automatisch. Danach gebe ich dir ein Zeichen. Das Bild muss auf jeden Fall einen hohen Preis erzielen", sagte Angelos.

„Was bedeutet, unter dem wertlosen Bild befindet sich etwas anderes. Oder ihr tauscht es aus. Gut, aber wenn das Bild bei euch bleibt, wird es gefährlich, denn der potentielle Käufer wird es unbedingt haben wollen. Ich vermute, ich soll euer Haus kriegstauglich machen", sagte Abu.

Angelos lachte.

„Ein paar Männer und ein bisschen Artillerie würden uns im Notfall beruhigen!"

25

Angelos und Yariv lagen auf dem Sunbed auf der Terrasse, als sie einen lauten Schrei hörten.

„J´AVAIS RAISON! ZUT ALORS!"

Ich hatte recht, zum Teufel nochmal.

„Ich glaube, unser Professorchen hat etwas Spannendes gefunden", sagte Angelos.

Als beide in die Küche kamen, strahlte Bouchard über das ganze Gesicht.
„Ich habe den Beweis. Das Bild HAT EXISTIERT!"
„Ein Beweis, den Sie leider nicht verwenden dürfen. Sie erinnern sich an die Abmachung?", fragte Angelos.
„Ja doch", knurrte Professor Bouchard.
„Aber da finden wir schon eine Möglichkeit. Jetzt zeigen Sie uns erst mal, was Sie gefunden haben", sagte Yariv.
Bouchards Hände zitterten.
„Ich bin bereits im Anhang mit den Zeugenaussagen. Und darin findet sich ein Tagebuchbericht eines Armeniers namens Kardemian. Hört zu!"

23. September 1922

Heute Abendsalon bei Ischowitz. Keine Spur von Beunruhigung, obwohl es nur noch eine Frage von Tagen ist, bis die Türken kommen. Man tut so, als wäre alles in Ordnung, schäkert und lacht. Ischowitz meinte, die Türken seien keine Barbaren. Nun, das sehe ich als Armenier natürlich anders. Ich verlor zwölf Mitglieder bei den Deportationen zwischen 1915 und 1918. Sie werden seitdem nicht freundlicher geworden sein, sagte ich. Ischowitz lächelte. Da begriff ich: er hat ein Arrangement getroffen.

Ich musste lachen: Ihr Juden schafft es doch immer wieder.

‚Das müssen wir auch. Wie hätten wir sonst überlebt? Aber ich werde mich für dich verwenden, mein Freund. Komm mit in die Bibliothek‘. Der Raum war mit drei Schlössern gesichert. Als ich im Inneren stand, wusste ich warum. An den Wänden hingen Gemälde. Ein Gauguin, ein van Gogh und ein Turner. Ein Schatz. Allein der Gauguin dürfte 10.000 Dollar bringen, sagte Ischowitz.

Er versprach mir, mich auf die Grüne Liste setzen zu lassen, verzichtete aber auf Geld. Ich war und bin sehr gerührt. Ein richtiger Freund.

„Und dieser Ischowitz war exakt der Käufer, der 1889 den ‚Heuschober‘ gekauft hatte. Der ominöse Jude aus Smyrna!"

„Aber über den weiteren Weg des Gemäldes steht dort nichts, oder?", fragte Angelos.

„Nein. Aber immer langsam mit den Pferden. Die Aussagen sind chronologisch geordnet. Wir sind noch in den Tagen vor der Einnahme Smyrnas. Mit etwas Glück geht die Geschichte weiter hinten weiter", sagte Bouchard noch immer aufgeregt.

„Sie wollen sich noch immer keine Pause gönnen?", fragte Angelos.

„Nein. Aber könnte ich einen doppelten Espresso bekommen?"

Yariv lachte.

„Ist das denn gut für Ihr Herz?"

„Scheiß auf mein Herz!"

„Na gut. Dann trimmen wir mein Kunstwerk mal auf alt", sagte Yariv.

„Stimmt. Das Original ist komplett verdreckt. Das hatte ich ganz vergessen", meinte Angelos. „Was brauchst du?"

„Nicht viel. Kaffeesatz und Zigarettenasche. Und von beidem haben wir ja genug?"

„Höre ich da unterschwellige Kritik?", fragte Angelos.

„Ach was. Du darfst soviel rauchen wie du möchtest. Beim Küssen schmeckst du immer noch nach Pfirsich, mein Großer. Ich muss das Gemälde aber noch backen!"

„Was bitte?"

„So altern Gemälde künstlich und der Firnis bekommt die typischen Risse", erklärte Yariv.

„Tja. Das Ding passt aber nicht in unseren Backofen", sagte Angelos.

„Deswegen musst du die Bäckerei Veneti bitten, mal etwas anderes als Weißbrot zu backen!"

„Und wenn es verbrennt?"

„Dann müssen wir das Original nehmen. Sorry, ich mache das zum ersten Male!"

„Schon gut. Stellen wir uns halt neben den Ofen!"

26

Am nächsten Mittag war es soweit. Die Herren Nikakis bereiteten sich auf ihre erste Auktion vor.

Angelos in schwarzer Hose mit weißem Shirt.

„Ist das ‚Business Casual?‘“, fragte er.

Yariv lachte.

„Eher ‚Casual and horny‘. Hat aber einen Vorteil: sollte ich jemals ohnmächtig werden, habe ich einen Henkel zum Festhalten!“

„Ich sollte dich mit in den Ofen schieben“, knurrte Angelos.

Das Backen verlief problemlos und tatsächlich hatte Yarivs Kopie den nötigen „Rubens-Effekt“.

Abu Bakar konnte über Angelos´ Handy mithören.

„Aber die Software wird hinterher gelöscht“, sagte Angelos.

„Wenn ich etwas will, rufe ich dich an. Ich brauche dich nicht abhören“, antwortete Abu.

„Also dann. Auf zu einer denkwürdigen Auktion!“

Das Zelt war doch noch rechtzeitig fertiggeworden. Zahllose „Christie´s“-Fahnen flatterten waagrecht in der Luft. Panormos, im Norden gelegen, war das Eintrittstor für den Meltemi, den sturmartigen Nordwind. Selbst für das Öffnen der Autotüre brauchte man viel Kraft.

Mit ihrem Mercedes AMG machten Angelos und Yariv keinen Staat. Eine Parade von Ferraris,

Bentleys und Phaetons füllte den Parkplatz hinter dem Beachclub „Principote".

„Wenn Dummheit schreien könnte. Die Straßen eng, mit Löchern, Schotter hinter den Stränden: Mykonos wäre der letzte Platz, wo ich einen Ferrari fahren würde", knurrte Angelos.

„Ein AMG ist auch kein Kleinwagen", bemerkte Yariv.

„Ja, aber der ist ein Polizeifahrzeug. Und an vielen Stellen auf der Insel brauchst du einen Geländewagen! Mir ist der Smart sonst auch lieber!"

Auch im Inneren des Zeltes herrschte eine luxuriöse Atmosphäre. Überall standen Kühler mit Bollinger-Champagner und Kellner in Livrees servierten die unvermeidlichen Canapés.

Im Hintergrund war die Mykonos-typische Lounge-Musik zu hören.

„Ah! Da vorne ist der Star der Show", sagte Angelos. „Und im Anzug sieht er deutlich besser aus!"

Yariv lachte.

„Ohne den roten Ball im Mund wirkt er irgendwie entspannter!"

Sie gingen zum Podium vor, wo Rowling gerade eine junge Frau zusammenstauchte.

„Seit wann hat er denn bei Frauen das Kommando?", flüsterte Angelos, kurz bevor er Rowling begrüßte.

„Kalimera, Herr Rowling! Wie geht es Ihrem Rücken?"

Yariv fing an zu kichern, Rowling hingegen lief knallrot an.

„Äh, gut. Ich sehe, Sie haben das Gemälde dabei. Bitte geben Sie es der blonden Dame dort drüben. Die Provenienz-Unterlagen haben Sie dabei?"

„Aber ja. Sie reichen zurück bis 1922", sagte Angelos mit einem Schmunzeln.

„So? Erstaunlich. Aber bei einem Robinson ist das ohnehin nicht wichtig. Ich bin mir nicht mal sicher, ob wir ihn loswerden!"

„Da machen Sie sich mal keine Sorgen. Es wird schon einen Liebhaber geben", sagte Angelos.

„Ich kenne nur keinen, der Robinsons sammelt", erwiderte Rowling. „Aber gut. Das Bild ist Lot 21, davor ist eine kurze Pause!"

„Und Sie denken an die Bieterliste, nicht wahr?" Rowling knurrte etwas Unverständliches.

„Gut. Dann schnappen wir noch etwas Luft", sagte Angelos vergnügt.

„Lass mich raten: Abu bietet unter Hassan Irgendwas", sagte Yariv.

„Nicht Hassan, sondern Samir. Ein überaus ehrenhafter Galerist aus Beirut", antwortete Angelos.

„Der von seinem Glück nichts weiß. Alles klar!"

Angelos und Yariv standen an einem der Bartische im Freien. Die Gäste kamen nun in großer Zahl – allesamt massiv overdressed.

Am Nachbartisch beschwerte sich eine Botox-End-Dreißigjährige auf Deutsch: „Ich verstehe nicht, warum man so ein Event in Panormos macht. Am Strand sind lauter gewöhnliche Leute und außerdem ist es windig!"

„Was auf Mykonos ja so ungewöhnlich ist", knurrte Angelos leise. „Gott sei Dank bin ich schwul!"

Ein Gong rief die Gäste ins Innere. Yariv wollte ebenfalls hinein, aber Angelos hielt ihn fest.

„Wir bleiben draußen bis zur Pause. Außerdem muss ich noch Abu anrufen, ob er bereit ist!"

Und so tippte Angelos auf „Drogenkönig".

„Aha. Unter welchem Namen bin ich gespeichert?", fragte Yariv.

„Na, was wohl? ‚Löckchen'! Ah, Abu! Bist du bereit?"

„Natürlich. Bis wie weit soll ich mitgehen?"

„Das sehen wir. Ich schicke dir eine Nachricht. Das Geld müsstest du aber auslegen, bis der Fall geklärt ist. Könnte sein, dass du einen Anteil von ein paar Millionen bekommst – oder gar nichts", sagte Angelos.

„Wie berauschend", knurrte Abu.

„Mehr als Peanuts wird es nicht. Also unter einer Million", antwortete Angelos und lachte.

27

M eine Damen und Herren, bitte nehmen Sie Platz. Wir beginnen mit Charge zwo, Lot 21.

Ein Robinson aus dem Jahre 1880. Heuschober im Winter, teilrestauriert. Robinson war zwar kein Schüler van Goghs, gehörte aber zum sogenannten ‚Atelier des Südens', einer Gruppe von Fans, wie wir heute sagen würden, die van Gogh verehrten, wobei der Meister aber den Kontakt eher mied. Robinson verkaufte nach dem Tod van Goghs und dessen steigender Popularität mehrere Bilder im Stil van Goghs, mitunter sogar mit analogen Motiven wie bei diesem Objekt hier. Das Mindestgebot liegt bei 30.000 Euro!"

Links vom Podium, auf dem Rowling und das Bild standen, gab es eine weitere erhöhte Plattform, auf der an zwei Tischen vier junge Frauen saßen, die die telefonischen Gebote annahmen.

Eine der Frauen hob ein Schild.

„Telefonbieter 30.000 Euro. Bietet jemand 31?", fragte Rowling.

Eine zweite Frau hob ein Schild.

„31 bei Rachel, vielen Dank, 32?"

Die erste Frau nickte.

„32 bei Anna. Wir haben also zwei Bieter am Telefon, sehr schön. Wir gehen jetzt in Fünfer-Schritten hoch. Bietet jemand 35?"

Und sowohl Rachel und Anna gingen mit – und das mehrmals.

„Geboten sind jetzt 50.000 Euro. Wie gesagt, es handelt sich um einen Robinson, Schätzwert 30.000 Euro. Rachel und Anna: bitte fragen Sie noch einmal nach, ob sich die Bieter dessen bewusst sind!"

Die Bieter waren es.

Zehn Minuten später erreichte der Wettbewerb die 100.000er-Grenze.

Und Rowling wurde zusehends bleich. Er begriff nicht, was hier los war. Und er schätzte es nicht, wenn unter seiner Leitung etwas Unerklärliches passierte.

Aber Anna und Rachel bekamen den Arm gar nicht mehr runter.

Rowling stöhnte.

„Wir sind bei 250.000 Euro, für ‚Heuschober im Winter'. Offensichtlich haben wir zwei Robinson-Liebhaber!", sagte er, obwohl er sich sicher war, dass es nicht einmal einen auf der ganzen Welt gab.

Angelos grinste breit und flüsterte Yariv zu:

„Wetten, dass er gleich einen Anruf bekommt?"

Angelos hatte noch nicht einmal ausgesprochen, als Rowling zu seinem Handy griff. Er verließ das Podium und gestikulierte. Offensichtlich hatte er eine derartige Störung noch nie erlebt.

„Was ist los?", fragte Yariv leise.

„Die Zentrale in London. Passiert etwas Ungewöhnliches, schlägt der Computer Alarm, vermute ich!"

„Aber du weißt, was du tust?"

„Klar. 250.000 für einen nagelneuen Nikakis sind doch erfreulich, oder? Was für ein Start für einen Newcomer. Glückwunsch!"

„Aber es steht nicht mein Name drauf", wand Yariv ein.

„Auf deinem Konto schon", erwiderte Angelos und lächelte.

„Als Krimineller hättest du groß Karriere gemacht!"

„Ich bin aber ein gesetzestreuer Kommissar!"

Yariv prustete los, was ihm ein zischendes „Ruhe" aus der Reihe dahinter einbrachte.

Angelos griff zum Handy und schrieb nur zwei Worte: „Immer weiter!"

Nach weiteren zwanzig Minuten war man immer noch bei LOT 21 und Rowling schwitzte. Ihm war sichtlich nicht wohl. Die nochmalige Erklärung, der Listenpreis läge bei 30.000 Euro, änderte nichts.

Unter den Gästen wurde es unruhig und nach jedem neuen 20.000er-Schritt gab es ein Raunen. Angelos schickte eine weitere Nachricht.

„Geboten sind 500.000 Euro. Geht dein Kunde mit?", fragte Rowling Anna.

Sie schüttelte den Kopf – zur Erleichterung des Auktionators.

„500.000 Euro. zum ersten, zum zweiten und ….

dritten – bei Rachel. Vielen Dank. Was für ein Start nach der Pause!"

Auf die ich hätte verzichten können, fügte Rowling leise hinzu.

„Du bist Halbmillionär, Kleiner", sagte Angelos und schmunzelte.

„Kann schon sein. Aber irgendjemand wird furchtbar wütend sein!"

„Genau darauf hoffe ich. Jetzt wird es interessant", meinte Angelos freudig.

„Adrenalinjunkie", sagte Yariv.

„Nö, Kommissar! Und ein zwielichtiger Kunsthändler. Gehen wir nach draußen!"

Als Angelos sich die verdiente Gauloises anzündete, kam ein sichtlich erregter Mister Rowling auf die beiden zu.

„Hinter diesem Schauspiel stecken doch bestimmt Sie", zischte er.

„Hm. Ihr Schauspiel vorgestern war wesentlich beeindruckender! Und jetzt hätte ich bitte den Namen des Gewinners", sagte Angelos.

„Sie bringen mich in Teufelsküche", meinte Rowling leise.

Angelos lächelte und flüsterte ihm ins Ohr:

„Immer noch besser als Ludmilla!"

Rowling verzog das Gesicht.

„Emre Sahin!"

„Aha. Und was passiert jetzt mit dem Bild?"

„Ein Kurier holt es", sagte Rowling. Nach einer kurzen Pause fügt er noch hinzu. „Was wenig Sinn macht!"

„Warum?", fragte Yariv.

„Er wohnt oben am Berg!"

28

Etwa einhundert Meter höher quoll der Aschenbecher über, aber Emre registrierte es nicht. Er verstand nicht, was unten vor sich gegangen war. Es sollte eine zwei-Minuten-Angelegenheit zum Preis von 30.000 Euro werden. Nun war er eine halbe Million Euro los – die er nicht flüssig hatte.

Er wusste nur, dass der kleine Nikakis viel Geld kassieren würde. Aber der andere war nicht der Bieter, der den Preis nach oben getrieben hatte. Angelos Nikakis war einfach nur dagesessen. Der Grund für den Fehlschlag beunruhigte ihn aber momentan nicht, vielmehr den Anruf, den er tätigen musste. Emre steckte sich die nächste Zigarette an.

Er zitterte, als er versuchte, auf den Namen zu tippen. Erst beim dritten Mal schaffte er es.

„Du hast versagt", sagte die Stimme leise.

Woher zum Teufel wusste er das schon, dachte Emre.

„Ich verstehe es nicht!"

„Aber ich. Deine Unfähigkeit hat mich 500.000 Euro gekostet!"

„N-natürlich. Das weiß ich. Aber das Bild ist das 50-fache wert. Wenn nicht mehr!"

„Nun, unnötige Kosten sind immer zu vermeiden. Das erwarte ich von meinen Mitarbeitern. Im Übrigen: hast du das Bild schon?"

„Nein. Um mich bedeckt zu halten, holt es ein Kurier", sagte Emre.

„Und du glaubst, das führt unsere Gegner in die Irre? Du bist entweder dumm oder naiv. Und beides dulde ich nicht!"

„Ich werde das Geld wieder auftreiben", versprach Emre.

„Das rate ich dir. Im Übrigen solltest du das Bild überprüfen!"

„A-aber das geschieht immer erst in Rom. Dort wird geröntgt", sagte Emre.

„Inflexibilität schätze ich auch nicht. Ich rate dir: finde heraus, was in der Auktion ablief und greif dir den Verkäufer!"

„Den kleinen Nikakis?"

„Nein, den Papst, du Idiot. Cui bono. Alter Grundsatz. Folge dem Geld. Aber versuche es erst auf die harmlose Tour. Den Kommissar solltest du nicht unnötig provozieren. Wenn der Lunte riecht, wird es gefährlich!"

„Aber das ist ein Inselpolizist", erwiderte Emre.

„Ja, sicher. Der verspeist Trottel wie dich zum Frühstück!"

29

Am nächsten Morgen klingelte Yarivs Handy.

„Hallo, Herr Nikakis. Hier spricht Emre Sahin. Ich bin der Käufer Ihres Bildes, Auch wenn es etwas teuer war, bin ich sehr glücklich. Ich liebe Robinson, auch wenn ich der Einzige bin!"

Der Mann lachte.

Und Yariv tippte auf Raumlautsprecher.

„Es ist mein zehnter und deswegen gebe ich morgen einen kleinen Cocktailempfang in meinem Haus in Panormos. Ich würde Sie gerne dazu einladen. Die Gäste sind alle aus der Kunstszene, eine gute Gelegenheit für Sie. Kontakte sind in diesem Business alles!"

Das Wort „Business" störte Yariv, wusste aber dass Emre Recht hatte.

„Wenn Sie gegen acht kommen würden? Ich denke, dass auch meine kleine Sammlung Sie interessieren könnte!"

Angelos zeigte Yariv den Vogel und schüttelte heftig mit dem Kopf.

Aber Yariv sagte: „Gerne. Dann bis morgen!"

„SPINNST DU?", rief Angelos.

„Was denn? Sie werden vermuten, dass das Originalbild hier ist. Was glaubst du, dass sie tun? Sie kommen hierher und sie werden nicht höflich fragen. Es kommt zu einem Schusswechsel, mindestens körperlicher Gewalt. Die Chance, dass wir und der Professor danach fröhlich scherzen, ist ziemlich gering!"

„Und bei deinem Plan ist die Chance, dass du die Villa unbeschadet verlassen kannst, noch kleiner", sagte Angelos unwirsch.

„Dort oben sind eine Menge Gäste. Sie werden nicht so dumm sein, vor Zeugen mir etwas anzutun. Andererseits habe ich aber die Chance, etwas mehr herauszufinden. Kenne und studiere deinen Gegner, hat mir irgendjemand erzählt. Wer war das gleich?"

„Das war ich. Oder eher Sun-Zi. Aber wenn das Studieren mit einer Kugel verbunden ist, hilft der Spruch nicht. Schon gar nicht, wenn es um dich geht!"

„Ich weiß, du machst dir Sorgen. Aber seit meiner Entführung packst du mich in Watte. Ich kann mich durchaus wehren. Und es bin nun mal ich, der eine Verbindung zu diesem Emre hat. Du möchtest warten, bis sie hierherkommen. Das ist viel gefährlicher! Du glaubst, es ist besser, wenn du dir eine Kugel einfängst? Darauf habe ICH keinen Bock!"

„Aber meine jungen Freunde, streitet doch nicht", ging der Professor dazwischen. „Wir gehen auf die Terrasse, ich mache Espresso und so lange hält jeder von euch die Klappe!"

Aufgrund der natürlichen Autorität des Professors schwiegen Angelos und Yariv tatsächlich.

Als Bouchard das Tablett auf den Tisch stellte, fragte Angelos:

„Sie waren mal Offizier, oder? Vom Alter her passt aber nur der Algerienkrieg!"

Bouchard grinste breit.

„Kluger Junge. Ja, Algerien. Und glauben Sie mir: dagegen war Vietnam ein Kindergeburtstag. Algerien war der letzte Krieg ohne TV-Bericht-erstattung, deswegen blieben die täglichen Gräuel ohne Folgen. Ich war gut. Ich war der Einzige, der aus 50 Meter Entfernung eine Handgranate durch die kleinen Fenster der Hütten werfen konnte. Aber ich bin nicht stolz darauf!"

„Toll. Dann hätten wir also ein Back-up für Yariv, das aus mir und einem ehemaligen Hand-granaten-Genie besteht!"

„Gut", sagte Bouchard. „Dann hätten wir ja schon geklärt, dass wir Yarivs Plan verfolgen!"

„Natürlich", knurrte Angelos. „Mein Ehemann ist störrischer als eine Herde Maulesel! Die bewegen sich nur, wenn man ihnen mit dem Knüppel auf den Hintern schlägt!"

„Dann halte ich erst recht still", sagte Yariv und grinste.

„Yariv. Es ist zu gefährlich. Selbst mit Technik macht man so etwas nur mit einer Eingreiftruppe. Das weißt du ganz genau!"

„Ein Peilsender. Drei Mikrofonknöpfe, die ich platzieren oder einfach nur fallenlassen kann. Außerdem besteht das Back-up nicht nur aus dir und dem Professor. Es gibt ja noch eine normale Polizei!"

„Oh ja. Maria und vier Verkehrspolizisten. Mit denen erleben wir das, was man ‚friendly fire‘ nennt", entgegnete Angelos.

„Es ist eine Cocktailparty und kein Mafiatreffen", versuchte es Yariv erneut.

„Das ist genau der Punkt. Wir wissen gar nichts. Steckt hinter der Sache ein russischer Oligarch. Oder eine Terrorgruppe. Oder was weiß ich!"

„Und genau deswegen gehe ich hin. Machen wir eine Razzia, werden wir nichts finden", meinte Yariv. „Von einer Begründung dafür ganz zu schweigen!"

Dann schlug er sich mit der Hand auf die Stirn. „Ach, ich vergaß: auf Mykonos arbeitet man ja mit Blanko-Formularen!"

„Hier arbeiten Justiz und Polizei halt vorbildlich Hand in Hand", sagte Angelos lapidar.

„Lass mich wenigstens Yossi in Tel Aviv hinzuziehen. Vielleicht haben die Informationen über Emre!"

„Du willst den Mossad kontaktieren, weil ich auf einen Cocktail-Empfang gehe?", fragte Yariv.

Angelos kapitulierte.

„In Herrgottsnamen. Ich rufe Maria an. Bleibt nur die Frage mit dem Peilsender. Dir ist schon klar, dass man manche Gäste mitunter nackt fesselt und deren Kleidung durchsucht", fügte Angelos hinzu.

„Dann trage ich ihn im Hintern. Wäre nicht das erste Mal. Ich muss nur aufpassen, dass sie mich nicht hüpfen lassen, sonst klappert der Sender in meinem Allerwertesten!"

„Wieso das denn?", fragte der Professor.

Yariv grinste.

„Weil mein Gatte mir meinen Darm bis zu den Herzklappen hochgeschoben hat!"

„Ist das eine Beschwerde?", knurrte Angelos.

„Aber nein, Großer. Ich liebe es und du wirst jetzt mal locker. Ich bin kein Greenhorn! Und zur Beruhigung darfst du den Sender platzieren. Mit Hilfsgerät!"

„Dann geh ich mal Spazieren", sagte der Professor und war fünf Sekunden später draußen.

30

Gut. Dann gehe ich mal. Funkt mein Hintern?", fragte Yariv.

„Dein Hintern funkt immer. Meist ruft er: ‚nimm mich'!", sagte Angelos grinsend.

„Und dem Ruf folgst du meist sofort. Blinkt es?"

Angelos nickte.

„Du nimmst aber den SMART, ich nehme den SUV, weil …"

„…darin das Equipment liegt. Schon klar. Hoffentlich kommt es zu keiner Verfolgungsjagd. Mit einem SMART komme ich nicht weit", sagte Yariv.

„Das brauchst du auch nicht, denn wir stehen unten am Parkplatz. Dort fällt es nicht auf, weil das Zelt noch abgebaut wird!"

„Gut. Dann fahr ich mal", sagte Yariv.

„Und du weißt, wohin?"

„Natürlich. Zu der Villa am Berg!"

„Ah ja. Also weißt du, dass das eigentlich keine Villa ist, sondern ein ehemaliges Restaurant, mit einem versteckten Souterrain", sagte Angelos.

„Nein, wusste ich nicht", knurrte Yariv.

„Dann schau her. Das ist ein Foto von vor dreißig Jahren. Hier siehst du, dass unter der Terrasse noch ein Stockwerk ist. Dort waren die Küche und die Lagerräume!"

„Wäre nicht der Bauplan sinnvoller?", fragte der Professor.

Angelos lachte.

„Ein griechischer Bauplan ist lediglich eine Idee, wie ein Gebäude aussehen *könnte*. Mit der Realität hat der Plan meist nichts zu tun. Also sind Fotos viel besser. Schau her, Yariv: am unteren Ende ist eine Rampe mit einem Weg, der zur Straße hinunterführt!"

Angelos klickte auf ein anderes Bild.

„Das ist eine Drohnenaufnahme von vor zwei Monaten. Rampe und Weg existieren noch!"

„Gute Arbeit, Großer. Darauf hätte ich selbst kommen müssen", sagte Yariv zerknirscht.

„Kein Problem. Was der eine übersieht, fällt dem anderen auf. Wenn du da bist, machen wir einen letzten Mikrotest!"

Yariv nickte und ging.

Zwanzig Minuten später stand der SUV auf dem Parkplatz hinter dem Strand von Panormos. Er fiel nicht weiter auf, denn noch wuselten genügend Arbeiter herum, die damit beschäftigt waren, das Auktionszelt abzubauen.

Angelos und Maria saßen im SUV und überprüften die Waffen. Professor Bouchard hingegen saß auf einem Klappstuhl neben dem Wagen und las den Rendel-Report. Natürlich hatte Angelos Yossi in Tel Aviv angerufen und um Informationen über diesen Emre Sahin gebeten.

„Ich gehe jetzt rein", sagte Yariv, danach musste er den Knopf im Ohr herausnehmen.

„Ich habe kein gutes Gefühl", sagte Angelos zu Maria. „Es ist nicht das übliche ‚das ist gefährlich', sondern ein ‚das geht schief'!"

Doch Maria konnte nicht mehr antworten, denn Bouchard rief laut:

„ANGELOS! KOMM HER!"

„Professor, der Bericht kann warten. Ich muss Yariv im Blick behalten!"

„Es kann nicht warten! Yariv muss da raus! Komm und lies es!"

Angelos stieg aus und der Professor räumte den Stuhl.

„Hier! Lese diese Seite!"

31

Auf Seite 1022 stand folgender Bericht:

Nachträglicher Report, eingefügt 1928.
Verfasser: Eduard Sperzian.

Ich lebte nach der türkischen Invasion unter falschem Namen in einem Dorf bei Smyrna. Ab und zu kam ich – in Bauernkluft – in die zerstörte Stadt. Auf dem Markt hörte ich ein Gespräch mit, in dem es um Oktay Gemel ging. Das Schwein hat Dutzenden von Armeniern, Griechen und Juden hohe Geldsummen abgenommen und ihnen versprochen, sie kämen auf eine grüne Liste. Ihnen und ihren Familien würde nichts passieren, ihr Besitz bliebe unberührt.

„Professor, das ist alles interessant, aber dafür habe ich keine Zeit", sagte Angelos ungehalten.
„WEITERLESEN", befahl der frühere Offizier Bouchard.

Aber es waren gerade diese Familien, die komplett ausradiert wurden. Keiner überlebte und Gemel übernahm deren Besitz. Er wurde zum reichsten Mann in Smyrna. Doch laut dem Gespräch wurde ihm vor zwei Monaten die Kehle durchschnitten. Der Täter war wohl einer meiner Landsmänner. Gemel hinterließ eine Tochter, Aicha.

„Und?", fragte Angelos.

„Der Zusatz unten, der mit dem Füller", sagte Bouchard.

1940 Heirat von Aicha mit Hakan Demiral. Hakan verstarb zwei Jahre später – Raubüberfall.

„Was soll mir das alles sagen? Und bitte keine Rätsel mehr", knurrte Angelos.
„Sagt dir der Name nichts?", fragte Bouchard.
„Nein. Sollte er?"
„Ja. Mahmoud Demiral ist Erdogans Kultur-minister, er muss der Sohn von Hakan sein. Ich habe vor zehn Jahren mit einem Professor der Universität in Ankara gesprochen, ob er irgendetwas von dem ‚Heuschober' weiß. Der Professor verschwand danach. Und er meinte, die ganzen Bilder werden noch immer von der Familie Demiral versteckt. Mit Billigung des Staates. Man kann die Bilder ja weder zeigen, noch verkaufen. Das würde zu diplomatischen Eklats führen, denn sie waren Diebesgut. Und Demiral ist ein Speichellecker vor dem Herrn. Er küsst dem Sultan die Füße. Begreifst du jetzt?"
„Du meinst, das Ganze wird von einem Minister veranstaltet? Und ausgeführt vom Geheim-dienst?", fragte Angelos.
„Nein. Viel schlimmer", antwortete Bouchard.

32

Angelos stürzte zum Wagen.

„MARIA! RUF YARIV ZURÜCK! SOFORT!"

„Zu spät. Er ist schon drin. Aber beruhige dich. Er hat es geschafft, ein Mikro zu platzieren!"

„Beruhigen? Weil ich zuhören kann, wie er massakriert wird??"

„Niemand wird massakriert. Er unterhält sich nur", sagte Maria mit ruhiger Stimme.

Sie stieg aus und nahm den Professor zur Seite.

„Hören Sie zu: wir müssen Yariv herausholen. Heißt: wir müssen das Haus stürmen – und gleichzeitig auf Angelos aufpassen. Sie müssen wissen, dass Yariv schon einmal entführt wurde. Ihm wurde ein Finger abgeschnitten. Seitdem ist Angelos … wie soll ich sagen?"

„Nicht mehr ganz zurechnungsfähig?", fragte der Professor.

„Sobald es um Yariv geht: ja! In Wahrheit ist Yariv der Coole und Angelos das Sensibelchen!"

„Die Liebe … dann wollen wir den Lockenkopf da mal herausholen. Ich brauche eine Waffe. Sie haben nicht zufällig Hand- und Blendgranaten dabei?", fragte der Professor.

Maria lachte.

„Außer einer Atombombe haben wir alles!"

„Gut. Nur sollte ich eher loslaufen. Bergauf dauert bei mir etwas länger. Außerdem ist ein 75-jähriger ziemlich unverdächtig. Ich könnte auch den Touristen spielen, der sich verlaufen hat!"

„Gar keine schlechte Idee. Ich bespreche es mit Angelos", sagte Maria.

Doch Angelos hatte kein Ohr für Angriffs-szenarien. Gespannt wie ein Bogen versuchte er, den Gesprächen oben in der Villa zu lauschen.

„Ich würde Ihnen gerne meine private Sammlung zeigen, Herr Nikakis. Mein zugegeben etwas teurer Neuerwerb hat schon einen Ehrenplatz!"

Yariv hatte eine zweite Wanze platzieren können. Durch die Rückkoppelung war es nicht leicht, dem Gespräch zu folgen.
Angelos hörte ein Geräusch wie beim Öffnen einer Schiebetür.

„Sehen Sie? Dort hängen alle Robinsons. Aber auch ein paar andere!"
„Na ja, mein Lieblingsmaler ist er nicht. Seine Pinselführung … aber die Geschmäcker sind verschieden. W-was ist denn das?", fragte Yariv vollkommen überrascht! „D-das … Ist doch ein Gauguin. Oder eine Kopie?"
Emre grinste.
„Nehmen Sie doch die Lupe vom Kaminsims!"

Während Yariv nach der Lupe griff, überkam ihn ein Bauchgefühl. Irgendetwas stimmt hier nicht. Aber was?
Dann wurde ihm flau. Natürlich. Die Gäste. Sie waren zwar gut gekleidet, aber das Verhalten

passte nicht. Zu ungelenk. Als hätte man Angestellte als Gäste verkleidet.

Ruhig bleiben, dachte Yariv und setzte die Lupe an.

„Das könnte ein echter sein. Gauguin ist nicht leicht zu kopieren", sagte Yariv.

„Es ist das Original", sagte Emre.

„Moment mal. Hier stimmt etwas nicht. Ein Fleck in Preußisch-Blau. Der passt nicht zu …"

Aber weiter kam er nicht.

Ein Schlag traf Yariv und er sackte zusammen.

33

Kein Ton. Und der Sender bewegt sich nicht mehr", sagte Angelos und schlug auf das Armaturenbrett.

„Das muss noch nichts heißen. Sie werden ihm solange nichts tun, bis sie wissen, wo das Original ist", entgegnete Maria.

„Toll. Als ob verprügeln oder foltern viel besser wäre!"

„Wo ist denn das Bild jetzt?", fragte der Professor. Die falsche Frage.

„IST DAS JETZT WICHTIG?", rief Angelos ungehalten. „Es ist im Nachbarhaus. Die Besitzerin ist in der Psychiatrie. Können wir uns jetzt bitte auf Yariv konzentrieren?"

„Wir müssen rein", sagte der Professor lapidar.

„Zu dritt? Ohne Deckung?", fragte Maria.

„Man muss nehmen, was man hat", knurrte Angelos.

„Weiß Yariv überhaupt, wo das Bild ist? Wenn ja, könnten sie …", fragte Maria.

„Er weiß es nicht. Ich habe es versteckt, bevor wir losgefahren sind!"

„Der Professor hat eine passable Idee", meinte Maria.

„Und die wäre?"

„Ich spiele den vertrottelten Touristen, der sich beim Wandern verlaufen hat. Ich bin sicher verschwitzt genug, dass das glaubhaft ist. Öffnet jemand, werfe ich eine Handgranate durch den Spalt. Yariv ist weit genug entfernt. Macht keiner auf, schaue ich nach einem offenen Fenster. Erst die Handgranate, dann die Blendgranate. Genug Zeit für euch, um aus der Deckung zum Gebäude zu laufen!"

Angelos lehnte sich zurück und seufzte.

„Besser als ein Frontalangriff. Gut, Maria. Gib dem Professor die Granaten. Aber Ihnen ist schon klar, dass ein Plan meist nach wenigen Sekunden Geschichte ist", sagte Angelos zu Professor Bouchard.

„Ich war im Krieg, junger Mann. Ich sollte sofort losgehen, denn ich werde etwas länger brauchen als ihr. Wir sehen uns", sagte Bouchard und weg war er.

„Ganz schön mutig", sagte Maria.

34

Beim dritten Schlag ins Gesicht, kam Yariv wieder zu sich, in einem Meer von Schmerzen.

„Stopp! Er kommt wieder zu sich", sagte eine Stimme. „Er darf etwas nachdenken!"

Yariv öffnete die Augen, aber sein Sichtfeld war eingeschränkt – das Gesicht bereits geschwollen. Was war passiert? Richtig: der Fleck auf dem Gauguin. Er passte nicht ins Bild. Es war ein winziger Rest der Übermalung. Hätte ich nur den Mund gehalten. Ich hätte noch ein paar Minuten gewonnen. Aber der weitere Verlauf war unvermeidlich. Ich hätte das seltsame Szenario mit den Gästen eher sehen müssen. Angelos hätte es instinktiv sofort begriffen, aber ich bin halt nicht er.

„Also: wo ist das Originalbild?", fragte die Stimme, aber Yariv stöhnte nur.

„Gut. Dann machen wir weiter!"

Yariv roch schlechten Atem. Er steht vor dir. Ein Leberschwinger. Muskel anspannen.

Doch der Schlag war so heftig, dass Yariv nicht mehr atmen konnte.

„WO IST DAS BILD?"

„ICH WEISS ES NICHT!"

Analysiere deine Lage. Hände gefesselt auf dem Rücken, Fessel hinter der Lehne. Der Stuhl ist nicht massiv. Die Füße sind frei. Mehrere Fehler.

„SIE WOLLEN NICHT REDEN?", brüllte die Stimme.

„Na dann: Hakan, einen Tisch und die Zange!"

Yariv verlagerte seinen Schwerpunkt nach hinten, holte Schwung und stürzte sich samt Stuhl mit dem Kopf zuerst auf Emre.

Yarivs Kopf traf auf Emres Thorax. Der Aufprall raubte Emre die Luft und er sackte zusammen.

Yariv stürzte zur Seite und der Stuhl zerbrach.

Raus hier, ehe Hakan mit der Zange zurückkam. Er rannte zu einer Türe im hinteren rechten Eck des Zimmers. Trotz der auf dem Rücken gefesselten Arme gelang es ihm, die Türe zu öffnen.

Er stand in einem Treppenhaus. Der Zugang zum Souterrain. Er rannte hinunter, als er die ersten Schreie hörte.

Yariv rannte durch eine Großküche und dann nach rechts. Er versuchte, mehrere Türen zu öffnen, doch diese waren verschlossen. Es gab zwei weitere Räume mit Zughebel. Mit den Zähnen zog er den Hebel nach unten, schlüpfte durch den Spalt und zog die Türe wieder zu.

Der Raum war stockdunkel, bis auf ein schwaches grünes Notlicht. Yariv war nackt – und stand in einem Kühlraum. Aber im Gegensatz zur Küche war dieser Raum noch in Gebrauch. Trotz des Adrenalins fraß sich die Kälte durch seinen Körper. Schemenhaft erkannte Yariv zwei Kisten im hinteren Teil. Er lief nach hinten und erkannte, dass es Styropor-Boxen waren. Den Inhalt konnte man riechen. Fisch.

Yariv hörte Schritte und laute Schreie. Er hatte sich gerade hinter den Boxen zusammengekauert, als die Türe aufging.

„...so blöd wird er nicht sein!"

Das Licht ging an.

„Hier ist er nicht. Weiter!"

Yariv atmete tief durch und versuchte, aus seinem Versteck zu kommen, doch es ging nicht. Irgendetwas hielt ihn am Boden fest,

Sein Hintern war am Boden festgefroren. Er versuchte, hin und her zu wippen, aber es half nichts.

Er bewegte sich nach rechts, holte Schwung und schmiss seinen Körper nach links. Der Schmerz war trotz der Kälte überwältigend. Er wusste: irgendetwas war gerissen.

Ich muss hier raus. Ein Kühlraum. Jeder Kühlraum hat einen Notschalter. Aber war das auch schon vor dreißig Jahren so?

Er rieb seinen Körper an der Wand rechts von der Türe. Dann blieb er an etwas hängen. Ein Druckschalter. Mit der Schulter drückte er ihn – und die Türe öffnete sich.

Am ganzen Körper zitternd und durch die Kälte und den Schmerz fast besinnungslos, wankte er nach rechts.

Gott sei Dank hatte Angelos darauf bestanden, dass ich mir die Fotos ansehe.

Ich bin in dem Gang, der zur Rampe führt. Tatsächlich: am Ende sah er einen hellen Fleck.

Eine Tür mit kleinem Sichtfenster. Aber auch hier musste er einen Klapphebel umlegen.

Doch dieser hier war massiver und Yariv versuchte es mehrmals mit dem Kinn, den Hebel nach unten zu drücken.

Beim vierten Male klappte es und das Tor öffnete sich. Zunächst blendete ihn das grelle Sonnenlicht, aber die Wärme tat gut. Er sah den von Angelos erwähnten Weg.

Runter zur Straße – und weg.

„STEHENBLEIBEN!"

Yariv ließ die Schultern hängen.

„Na sowas. Ihr Hintern sieht ja aus wie bei einem Pavian!"

35

Professor Bouchard sah tatsächlich aus wie ein erschöpfter Tourist. Der Schweiß lief ihm in Strömen über das Gesicht.

Er drückte die Klingel.

Nach wenigen Augenblicken öffnete ein Mann mit bulligem Gesicht und muskulösem Körper.

„Was wollen Sie?", bellte er.

„Pardon. Ich bin ein Tourist und wollte zum Leuchtturm wandern, aber ich habe mich vollkommen verlaufen. Außerdem brauche ich dringend etwas Wasser!"

„Sieht das hier aus wie eine Gaststätte?", fragte das Bullengesicht.

„Ehrlich gesagt: ja", meinte Bouchard.

„Verpiss dich, Alter!"

Als der Mann die Tür zuknallen wollte, sagte Bouchard:

„Falscher Text", griff nach der Granate in seiner Tasche, zog den Sicherungsring und warf die Granate durch den sich schließenden Türspalt,

Danach warf er sich nach links auf den Boden.

Dem Knall folgte ein wahrer Regen aus Glas und Mauerstücken. Durch die geplatzte Scheibe schleuderte er die Blendgranate.

Mission erfüllt, dachte Bouchard befriedigt.

Angelos und Maria blieben noch in ihrer Deckung hinter dem Gestrüpp am Abhang.

Zwei Männer stürzten hustend und mit tränenden Augen ins Freie. Bouchard erledigte liegend den einen, Maria traf den zweiten. Aber noch zögerte Angelos. Zwei weitere Gestalten tauchten aus dem Nebel auf. Frauen in Abendrobe und auf Stöckelschuhen.

„Wir gehen rein", rief Angelos und stürmte ins Haus, Maria hinterher.

Doch der große Salon war leer.

„Dort ist die Schiebetür", rief Maria.

Angelos rannte hindurch. Er hatte kein Auge für die Gemälde, sondern nur für den zerbrochenen Stuhl.

Yariv ist im Untergeschoss, dachte Angelos und versuchte sich die Fotos ins Gedächtnis zurückzurufen.

Er wird versuchen, zu der Rampe zu kommen.

Angelos stürmte die Treppe hinunter.

Leere Räume, zwei Kühlräume: ebenfalls leer.

Dann sah er den langgezogenen Gang mit einem kleinen Fenster. Das Tor zur Rampe.
Angelos stieß die schwere Türe auf: es war kein Mensch zu sehen. Mittlerweile hatte auch Maria aufgeschlossen.

Beide sahen hundert Meter tiefer einen Wagen mit quietschenden Reifen auf die Hauptstraße einbiegen.
Er war dreißig Sekunden zu spät gekommen.

36

Er bricht sich das Genick", sagte der Professor, als er sah, wie Angelos den Hang hinunterstürmte, unweigerlich stürzte und sich mehrmals überschlug. Unten angekommen, rannte Angelos über den Parkplatz, durch den Beachclub „Principote" hindurch und stoppte erst am Strand.
Atemlos erkannte er: hatte die falsche Entscheidung getroffen. Das Boot lag nicht vor Panormos, sondern weiter nördlich, bei Agios Sostis. Und er würde nicht mehr rechtzeitig kommen.

Weiter oben beobachteten Maria und Bouchard, wie Angelos mit hängenden Schultern langsam zum Wagen lief.

„Es klingt jetzt herzlos, aber da drin hängt ein Bild, das mir nach einem echten Gauguin aussieht. Das können wir nicht da hängen lassen. Jeder Idiot könnte es sich schnappen", sagte der Professor.

„Dann holen Sie es schnell!"

Als der Professor hechelnd wieder herauskam, mit dem kleinen Bild, sagte Maria:

„Sie erkennen auf einen Blick, dass das ein Gauguin ist?"

„Nicht mit 100%-iger Sicherheit. Aber da ist ein Fleck Preußisch-blau darauf – das Bild war also übermalt. Es ist also nicht ganz abwe ....",
begann der Professor.

„Ah, Angelos kommt", unterbrach ihn Maria.

„Da ist noch etwas. Das wird Angelos zwar nicht interessieren, aber: trifft meine Vermutung zu, handelt es sich um ein Bild, das vor zwei Jahren aus der Nationalgalerie in Ankara gestohlen wurde", sagte Bouchard.

„Das würde bedeuten, dass ...", begann Maria.

„Exakt. Und das muss Angelos wissen", entgegnete der Professor.

Eine Minute später war Angelos da und seine beiden Mitstreiter stiegen ein.

„Wo ist Yariv?", fragte Maria.

Angelos sagte nichts und deutete auf den Bildschirm. Der blinkende Punkt lag jenseits der Küstenlinie.

„Richtung Osten. Bis wir beim Hafen sind, ist der Rückstand zu groß. Du denkst an Abu?", fragte Maria.

„Er könnte helfen, aber anders als du meinst. Wir fahren hinunter zum Staudamm. Du und der Professor fahren nach Hause. Ab hier muss ich allein übernehmen", sagte Angelos.

„Verfolgung mit Abus Hubschrauber?"

„Hubschrauber ja. Aber nicht dem Boot hinterher", sagte Angelos.

„Wohin dann?"

„Ich muss nach Athen!

37

Angelos stand alleine auf der Staumauer des Lake Marathi, dem künstlichen Wasserspeicher der Insel.

Ich muss schnell handeln, aber ich kann nicht. Wie schon beim letzten Zwischenfall mit Yariv befiel ihn eine Art Lähmung.

Los. Abu. Dann Athen.

Angelos griff zu seinem Handy und tippte auf „Drogenkönig". Er wusste, dass es ein kurzes

Gespräch würde. Abu verschwendete niemals Zeit und war schnell von Begriff.

„Yariv auf einem Boot Richtung Osten? Ich liege vor Lesbos. Ich könnte denen den Weg abschneiden. Feuerkraft hätte ich genug", sagte Abu.

„Zu gefährlich, mein Freund. Nein, ich brauche deinen Hubschrauber", sagte Angelos.

„Wo soll ich dich abholen lassen?"

„Am Staudamm. Wie lange brauchst du?"

„Fünfzehn Minuten. Und wohin?"

„Nach Athen", sagte Angelos.

„Seit wann ist Athen bei irgendetwas hilfreich?", fragte Abu.

Angelos sagte es ihm.

„Du bist verrückt. Das macht er nicht. Aber das können wir später klären. Der Hubschrauber läuft schon. Start in drei Minuten. Ankunft in 18. Ich kümmere mich um das Boot der Entführer!"

„Bitte nur verfolgen. Danke, mein Freund!"

Angelos gewann etwas an Zuversicht. Auf Abu war immer Verlass.

Aber entscheidend würde der nächste Anruf werden.

„Kanzlei des Premiermini..!"

„Hallo Eleni", sagte Angelos.

„Mein Schöner! Mit was drangsalierst du den Alten heute?"

„Eleni, ich brauche zunächst deine Hilfe. Yariv ist entführt worden!"

„Oh Gott. Das tut mir leid. Aber wie kann ich dir helfen?"

„Ich bin in etwa dreißig Minuten bei dir. Du musst dafür sorgen, dass Antonis da ist und auch bleibt!"

„Der Premier fährt in 30 Minuten zum Flughafen. Staatsbesuch in Rom", sagte Eleni.

„Du musst ihn aufhalten. Bitte. Irgendwie. Sonst weiß ich nicht …"

Eleni begriff, dass es wirklich ernst war.

„Gut. Ich werde Migiakis sagen, dass sein italienischer Kollege im Garten gestürzt ist und ins Krankenhaus musste. Den Italienern erzähle ich das Gleiche, nur dass eben Migiakis gestürzt ist. Damit niemand es telefonisch überprüfen kann, lege ich Antonis´ Anschluss still. Aber du musst dich beeilen. Ich kann ihn ja nicht fesseln. Oder soll ich?", fragte Eleni und lachte.

„Ich werde dir ewig dankbar sein", meinte Angelos.

„Kopf hoch. So kenne ich dich gar nicht. Wir kriegen das schon hin", sagte Eleni. „Was soll Migiakis eigentlich tun?"

Angelos erklärte es ihr.

„Du bist verrückt. Das hat noch nie ein Premier gemacht. Und ich habe sieben von denen erlebt!"

„Kannst du ihn grob ins Bild setzen bis ich komme?"

„Ich versuche es. Wenn er mich entlässt, kriege ich dann eine Stelle im Rathaus in Mykonos?"

„Mach dir um deine Zukunft keine Sorgen. Wir haben gerade eine halbe Million geschenkt bekommen. Ah, ich höre den Hubschrauber. Bis gleich!"

Eleni ging von ihrem Schreibtisch zum Amtszimmer von Premierminister Antonis Migiakis. „Chef, Ihr Besuch in Rom ist abgesagt. Der Premier ist gestürzt. Dafür kommt eine andere schwere Prüfung auf Sie zu. Angelos ist in 15 Minuten da. Und er will Folgendes …"

38

Kaum standen die Rotoren still, vibrierte Angelos´ Handy. Yossi.
„Hallo, Yossi. Hör zu: Yariv ist entführt worden. Er ist an Bord eines Schiffs Richtung Türkei!"
„Scheiße. Tut mir leid. Können wir helfen? Hast du Drohnenbegleitung?"
„Habe ich. Ich versuche, Migiakis zum Eingreifen zu bewegen", sagte Angelos.
„Damit würde er die Lunte … aber das weißt du selbst. Entschuldige. Noch Interesse an den Erkenntnissen?"
„Ich brauche zehn Minuten bis zur Villa Maximos. Solange hast du Zeit!"

„Gut. Dieser Emre Sahin ist kein unbeschriebenes Blatt. Er ist im Grunde ein Hehler. Hauptsächlich Antiquitäten", sagte Yossi.

„Heißt, er verhökert gestohlene Artefakte aus Syrien", unterbrach ihn Angelos.

„Richtig. Mitunter auch Gemälde. Aber der Typ gibt sich keine große Mühe, unauffällig zu bleiben, was bedeutet …"

„…er wird gedeckt. Schon klar", drängte Angelos.

„Und zwar von oben. Ganz oben. Ich spreche vom Kulturminister, Demiral. Wir haben ein Treffen von Emre und Demiral aufgezeichnet. Vor zehn Tagen in Izmir", sagte Yossi.

„Ihr beschattet den türkischen Kulturminister?", fragte Angelos.

„Glaube mir, mit Kultur hat der Herr nichts am Hut. Er hat das Archiv in Istanbul angewiesen, alle Dokumente über die jüdische Gemeinde zu vernichten. Schlimmer aber ist, dass sein Ministerium jährlich zwei Millionen Euro nach Gaza schickt: für den Aufbau eines symphonischen Orchesters!"

Angelos musste lachen.

„Das Hamas-Orchester spielt Beethovens Fünfte auf Granatwerfern. Über was haben die beiden gesprochen?"

„Es war eine Aktion mit Richtmikrofon und sie saßen in einem Café an einer belebten Straße. Aber wir haben immerhin Gesprächsfetzen: Mykonos, Robinson, Auktion, dein Name und noch ein weiterer griechischer Name, Moment.

Yps …, Ypsilanti! Ich befürchte, dass dir das alles nicht mehr hilft!"

„Ganz im Gegenteil. Aber ich brauche die Aufnahme. Sie ist die einzige direkte Verbindung zwischen den Entführern und Ankara", sagte Angelos.

„Es verstößt zwar gegen alle Vorschriften, aber sie ist schon unterwegs zu dir. Gibt´s ein Sonderlob?", fragte Yossi.

„Es gibt vielleicht noch mehr. Suche bitte nach Hinterbliebenen eines Herrn Ischowitz aus Izmir, ermordet 1922!"

„Aha. Und was bekämen die Nachfahren?"

„Einen van Gogh im Wert von 150 Millionen Euro. Ich muss auflegen, Yossi. Ich danke dir!"

„Viel Glück, Angelos. Ich bin immer für dich da", sagte Yossi.

Angelos stürmte durch die Tür der Villa Maximos, dem Amtssitz des griechischen Premierministers, packte Eleni an den Schultern und küsste sie.

„Wo ist er?"

Eleni hielt einen Schlüssel hoch.

„Wie versprochen in seinem Dienstzimmer. Als er hörte, was du von ihm verlangst, wollte er flüchten. Ich musste ihn einschließen!"

Angelos lachte.

„Das mit dem Sicherheitsalarm wird er wohl kaum glauben", sagte Eleni.

„Keine Sorge. Du bist hier unverzichtbar", meinte Angelos.

„Hoffentlich weiß er das auch!"

Angelos nahm den Schlüssel und öffnete die Türe zum Amtszimmer.

Antonis Migiakis saß an seinem Schreibtisch und schaute grimmig.

„In anderen Ländern wird man für so etwas erschossen. Aber selbst beim Militär sitzt bestimmt irgendein Fan von dir. Du bist die größte Nervensäge auf diesem Planeten. Natürlich tut es mir leid, was mit Yariv passiert ist, aber … nein, ich kann das nicht. Das würde ich politisch nicht überleben. Angesehen davon: ich soll diesem Möchtegern-Kalifen am Telefon sagen, dass er ein Krimineller ist? Wenn wir Pech haben, fasst er dies als Kriegserklärung auf – was ich verstehen könnte!"

„Antonis, ich würde es nicht verlangen, wenn es nicht notwendig wäre. Aber nur so kann ich Yariv retten. Die ganze Angelegenheit spielt sich auf höchster Ebene ab, da sind meine Möglichkeiten erschöpft. Es bleibt nur der Frontalangriff auf diplomatischem Weg", sagte Angelos.

Antonis Migiakis grinste.

„Ist das nicht ein Widerspruch in sich?"

„Keine Wortklauberei bitte", sagte Angelos. „Dafür haben wir keine Zeit. In zwei Stunden erreicht das Boot türkische Gewässer!"

„Und deine Beweise sind hieb- und stichfest?"

„Die Spuren führen alle zu seinem Kulturminister, der bekanntlich in seinem Hintern steckt. Wir haben ein zweites Bild, das nicht aus Smyrna stammt, sondern geraubt wurde – aus dem Nationalmuseum in Ankara!"

„WAS BITTE? Und du schließt es aus, dass sein Minister auf eigene Faust handelt?"

„Unmöglich. Aber das wäre der gesichtswahrende Ausweg, den du ihm gegenüber andeuten könntest!"

„Wieso sollte er so etwas überhaupt tun?"

„Aus demselben Grund wie andere Staatschefs es auch tun: als Absicherung für den Fall des Machtverlusts. Die rechtmäßige Pension der Herren passt nicht mehr zum Lebensstil. Außerdem besteht immer die Gefahr, dass Konten gesperrt werden. Kunstwerke kam man an Privatsammler verkaufen oder in einem Freihafen lagern. Das beruhigt Autokraten sehr. Und mitunter sind auch Politiker im Westen nicht gefeit vor Gier und Luxus!"

„Mich kannst du nicht meinen. Mein Gehalt ist lächerlich, trotzdem habe ich noch nie …"

Angelos hielt den Kopf schräg und zog eine Augenbraue hoch.

„Zumindest kann ich mich nicht daran erinnern!"

„Entspann´ dich. Du hast für einen Politiker ein relativ hohes Maß an Charakter und Integrität!"

„Deine Komplimente haben immer eine subtile Note. Dabei solltest du freundlich zu mir sein. Noch habe ich nicht angerufen", sagte Migiakis.

„Zur Not gehe ich auf die Knie", meinte Angelos.

Migiakis sah Angelos in die Augen und erkannte: er meinte es so.

„Du liebst ihn sehr", sagte Migiakis leise.

Angelos nickte nur und kämpfte mit den Tränen.

„Bitte. Ruf in Ankara an. Die Zeit läuft uns davon!"

Migiakis holte tief Luft und griff zum Hörer:

„Eleni. Verbinden Sie mich mit Ankara! Ich warte!"

Migiakis hielt die Hand über die Muschel und sagte: „Wenn das die Medien erfahren, kann ich morgen besagte Pension beantragen!"

„Du bekommst Asyl auf Mykonos, mein Freund!"

39

S ie sind lernfähig, dachte Yariv. Diesmal hatten sie ihn wie ein Paket verschnürt. Die Arme klebten direkt am Körper, eine ganze Rolle Tape hatten sie verbraucht. Die Fußfessel hatte nur so viel Spiel, dass Yariv Tippelschritte machen konnte.

Im Moment lag er auf dem Bauch in einer Kajüte eines Bootes. Sie hatten ihm eine Maske übergezogen, sodass er nicht wusste, wo sie ihn hinbringen.

Noch immer haderte Yariv mit sich. Warum habe ich so spät gemerkt, dass mit den Gästen etwas nicht stimmt? Warum habe ich nicht die Klappe gehalten, als ich bemerkte, dass der Gauguin diesen seltsamen Fleck aufweist. Ich hätte Zeit gewinnen können, wenn, ja wenn …

Yariv machte sich trotz der schwierigen Lage mehr Sorgen um Angelos. Der war bei Ermittlungen ein Hochleistungsrechner mit Verstand und Gefühl, aber sobald die Gefahr bestand, dass Yariv nur einen Kratzer abbekommen könnte, schaltete das System ab. Die Panik hat ihn bestimmt schon im Griff, dachte Yariv. Und alles wegen meiner Dummheit.

Yariv hörte, wie die Klappe aufging und eine Stimme schrie: „Ankara. Das Paket muss unbeschadet ankommen!"

Emre stand in der Kombüse, als er die Anordnung hörte.

Er fluchte, denn er hatte gerade den Fleisch-klopfer entdeckt. Schmerzen plagten ihn, denn Yarivs Kopfstoß in der Villa hatte Emre mehrere Rippen gebrochen. Er konnte nur flach atmen, jeder tiefere Atemzug war eine einzige Pein.

Der Befehl, Yariv unversehrt abzuliefern, ärgerte Emre. Zu gerne hätte er dem kleinen Bastard die Hände zertrümmert. Soll er in Zukunft mit den Füßen malen.

Emre warf den Fleischklopfer in das Abfluss-becken, als sein Blick auf eine kleine Flasche fiel. Emre lächelte.

Er kniete sich neben Yariv hin und fuhr ihm über den Oberschenkel.

„Keine Sorge. Ich bin kein Perverser, ich möchte nur etwas ausprobieren!"

„Verpiss dich", rief Yariv.

„Immer noch so unhöflich. Weißt du, dass dein Hintern aussieht, als würdest du von einem Pavian abstammen? Halt, nein. Die Farbe ist hellrosa. Bei einem richtigen Pavian ist sie dunkelrosa. Nun, das lässt sich alles korrigieren!"

Emre öffnete das Fläschchen und schüttete den Tabasco über Yarivs Wunde.

Es dauert, bis das Capsaicin zu wirken begann. Dann begann Yariv zu schreien.

40

Athen, Villa Maximos

Premierminister Antonis Migiakis hielt noch immer den Hörer in der Hand.

„Sag mal, Eleni, wie lange braucht denn der anatolische Esel noch?"

Er hörte ein Knacken in der Leitung.

„Der anatolische Esel ist bereits in der Leitung", sagte die bekannte, sonore Stimme.

„Oh, äh, Entschuldigung, Herr Präsident, äh, Eminenz, äh, Exzellenz, ich wollte nicht ...., äh", stammelte Migiakis mit hochrotem Kopf.

Angelos nahm ihm den Hörer ab.

„Bitte schmeißen Sie jetzt keine Bomben auf Athen. Der Herr Ministerpräsident ist heute nicht auf der Höhe!"

„Ist er das nicht immer, Herr Nikakis?"

„W-woher wissen Sie, wer ich bin?"

Die Stimme lachte.

„Glauben Sie wirklich, jemand betritt die Villa Maximos, ohne dass ich es erfahre?"

„Sie kommen aus einfachen Verhältnissen, so wie ich. Daher nehme ich an, dass wir offen und direkt sprechen können?", fragte Angelos.

„Sprechen Sie als Angelos Nikakis oder im Auftrag des Premierministers?", fragte die Stimme.

„Ich spreche in seinem Namen, auch wenn er es noch nicht weiß!"

Die Stimme lachte.

„Bei mir kämen sie vor ein Erschießungskommando!"

„Geht bei uns nicht. Unsere Gewehre schießen schief", sagte Angelos, während Migiakis heftig gestikulierte.

„Es geht um meinen Ehemann. Er wurde von türkischen Agenten auf Mykonos entführt und ist jetzt an Bord eines Schiffes, das Richtung Türkei fährt!"

„Warum sollten türkische Agenten so etwas tun? Wobei ich nicht sage, dass wir Agenten in Griechenland haben!"

„Nun. Es geht um einen Mord auf Mykonos. Bei den Ermittlungen stellte sich heraus, dass es um ein wertvolles Gemälde ging, das 1922 aus Smyrna verschwand", sagte Angelos.

„Izmir, Herr Nikakis!"

„Wie auch immer. Viele Gemälde wurden damals von einem Türken gestoh ..., äh, requiriert!"

„Aha. Und woher wissen Sie das?"

„Aus dem Rendel-Report", sagte Angelos.

„Dieser Report existiert offiziell nicht. Niemand durfte ihn nach 1928 lesen, es gibt auch nur je ein Exemplar in Athen und Ankara!"

„Ich habe meinen Premierminister gebeten, ihn mir auszuleihen", sagte Angelos und grinste.

Die Stimme lachte.

„Sie bitten um nichts. Womit haben Sie diesen armen Mann erpresst?"

„Er hat es fast freiwillig getan. Aber zurück zum Thema: die Bilder aus Smy .., Izmir, wurden von einer Familie zusammengetragen und versteckt!"

„Sie vergessen, dass die griechische Armee uns angegriffen und auf ihrem Rückzug ganze Landstriche verwüstet hat", sagte die Stimme.

„Nein, das weiß ich. Nur das offizielle Griechenland weiß es noch nicht! Nun, zurück zum Thema. Ihr Kulturminister ist ein Nachfahre desjenigen, der die Bilder gestoh .., äh, an sich genommen hat!"

„Der Privatbesitz meiner Minister geht mich nichts an", sagte die Stimme.

„Ich gehe davon aus, dass die Izmir-Bilder nicht gezeigt oder verkauft werden konnten, weil sich die ursprünglichen Besitzer gemeldet hätten. Besonders Israelis sind da sehr empfindlich", sagte Angelos, wissend, dass sein Gegenüber ärgerlich werden würde.

„Israel hat nicht nur Bilder geraubt, sondern ein ganzes Land", sagte der Kalif laut.

„Sparen wir dieses Thema eben aus. Ihr Minister hat diese Bilder übermalen lassen und Zug um Zug als relativ unbedeutende Bilder über ‚Christie´s‘ versteigern lassen – und selbst wieder gekauft. Jetzt waren die Bilder sauber und zollfrei im Ausland. Dann wurden sie privat an Sammler verkauft, die die Bilder niemals öffentlich zeigen würden. Etwas gierig geworden, ließ er offensichtlich einen kleineren Gauguin aus dem Museum in Ankara stehlen. Abgewickelt wurden die Geschäfte von einem Emre Sahin!"

„Beweise?"

„Film- und Tonaufnahmen von einem Treffen von Emre mit Ihrem Minister. Die Aussage des Auktionators von ‚Christie's‘ und zuletzt wäre da noch mein Ehemann. Ich nehme an, dass er deswegen entführt wurde, auch, um mich von weiteren Ermittlungen abzuhalten."

Angelos holte tief Luft.

„Nun ist die Frage, ob ein Ihnen ergebener Minister ein derartig kriminelles Vorgehen an den Tag legen würde, ohne Sie zu informieren!"

Jetzt, Angelos, öffnet sich die Türe.

„Wobei ich zu denen gehöre, die eine Beteiligung Ihrerseits für nicht vorstellbar halte!"

Stille. Auf Angelos´ Handy lief eine Nachricht von Abu auf: SCHIFF HEISST KHALED 2. 45 SEEMEILEN WESTLICH VOR CESME.

„Und was wollen Sie?"

„Dass Sie das Boot mit meinem Mann an Bord von der Marine stoppen lassen. Es heißt ‚Khaled II‘. Anschließend bringt das Schiff Yariv zurück nach Mykonos!"

„Ein türkisches Schiff in einem griechischen Hafen?", fragte die Stimme erstaunt.

„Das Marineboot hatte eine Panne und durfte den Hafen von Mykonos anlaufen. Das gäbe Punkte auf der Entspannungs- und Friedensskala!"

Die Stimme lachte.

„Sie sind sich sicher, dass Sie nicht gleich auf dem Sessel sitzenbleiben möchten?"

„Im Leben nicht. Mir reicht mein Mann und mein kleines Häuschen!"

„Nun gut. Natürlich verurteile ich die kriminellen Machenschaften meines fehlgeleiteten Ministers!"

„Natürlich. Nichts anderes habe ich erwartet!"

Angelos hielt sich die Nase zu, sonst hätte er lachen müssen.

„Gut. Ich lasse Ihren Mann befreien und nach Mykonos bringen. Die Verantwortlichen werden bestraft!"

Angelos konnte sich gut vorstellen, wie.

„Und ich sorge dafür, dass von der Geschichte nie etwas an die Öffentlichkeit kommt. Ich glaube, bei Ihnen sind in diesem Jahr Wahlen?"

Die Stimme lachte.

„Sie amüsieren mich. Das geschieht nicht oft. Aber ich mag ein offenes Gefecht mit einem würdigen Gegner!"

„Ich habe noch ein Bonbon. Im Austausch für meinen Mann erhalten Sie den Gauguin zurück. Und Yariv erhält die Belohnung der Versicherung, meines Wissens 200.000 Euro!"

„Gut. Und war nicht vorhin die Rede von einem van Gogh?"

„Ja, aber der wird der jüdischen Familie zurückgegeben. Und das ist nicht verhandelbar. Sie den Gauguin, ich bestimme über den van Gogh. Das alles ist ein fairer Deal. Der Rendel-Report bleibt bei mir auf Mykonos. Nicht, dass irgendein zukünftiger Premier ihn für sich nutzt. Politikern kann man nicht trauen", sagte Angelos. Die Stimme lachte.

„Es ist ein Vergnügen, mit Ihnen zu verhandeln. Ich hoffe, wir lernen uns einmal persönlich kennen. Vielleicht, wenn Sie Premierminister werden. Tekrar duy, Herr Nikakis!"

„Tekrar duy, Exzellenz", sagte Angelos.

Jetzt musst du nur noch Wort halten, dachte er.

Als Angelos das Amtszimmer verließ, sah er, dass Antonis Migiakis am Tisch von Eleni saß.

„Fallen jetzt Bomben auf Athen?", fragte Migiakis.

„Ach was. Der anatolische Esel war sogar amüsiert!"

„Du kannst ja gleich drin sitzenbleiben", sagte der Premier.

„Super", meinte Eleni. „Endlich mal ein schöner Mann in dieser erotischen Ödnis!"

41

Abu ist auf Headset", sagte der Pilot, als Abu in den Hubschrauber sprang.

„Und, mein Freund? Wie war das Date mit Recep?"

„Äh, wir haben einen Deal, würde ich sagen", antwortete Angelos. „Die Marine soll das Boot stoppen!"

„Die türkische??? Dann musst du aber einiges in der Hand haben", sagte Abu.

„Ich habe mich an eine alte arabische Bazar-Regel gehalten: möglichst viel Wind machen!" Abu lachte.

„Gut. Ich gebe dem Piloten immer den aktuellen Kurs durch. Ihm müsstet in 42 Minuten über dem Boot sein. Die Herren fahren mit gedrosselter Geschwindigkeit wegen des Querverkehrs nach Piräus. Keine Sorge, ich habe eine eigene Drohne oben, die über dem Schiff kreist!"

„Danke, Abu. Hoffen wir, dass der Kalif sein Wort hält!"

„In diesen Kopf kann niemand hineinsehen. Aber sein Selbsterhaltungstrieb wird ihm sagen, dass es besser ist, auszusteigen und einen Ersatz-schuldigen zu suchen!"

Die folgenden 30 Minuten wurden zur Qual.
Lediglich die Funksprüche mit der aktuellen Position der „Khaled 2" unterbrachen die Monotonie.

Dann meldete sich die türkische Flugsicherung.

„SX 436. Auf Ihrem Kurs liegt eine Sperrzone für zivilen Luftverkehr wegen Luftnotlage. Ändern Sie den Kurs auf 3-4-0. Bestätigen!"

„SX 436. Kurs 3-4-0. Bestätigt", sagte der Pilot.

„Noch drei Minuten. Ich gehe runter!"

„Nein, zu gefährlich. Wir verlassen uns auf Abus Bilder von der Drohne. Die schießen sie nicht ab", sagte Angelos. „Melden Sie, dass wir ein technisches Problem haben und nach JMK fliegen. Abu, siehst du etwas?"

„Ja. Drei Patrouillenboote auf Gegenkurs. Das Boot wird langsamer, offensichtlich haben sie einen Funkspruch bekommen!"

Er hält Wort, dachte Angelos – oder er versenkt das Boot. Damit wäre ein großer Teil der Zeugen auf dem Meeresgrund.

„Das Boot stoppt nicht. Marine schießt Leucht-raketen. Letzte Stufe vor scharfem Schuss!"

Pause.

„Sie schießen, Angelos. Von einem Boot dahinter. Wahrscheinlich auf den Motor!"

Angelos bekam eine Gänsehaut.

„Beide Boote gehen längs. Back- und Steuerbord. Männer gehen an Bord. Sie schießen auf die Besatzung", sagte Abu.

„Jetzt kommen zwei an Deck, mit erhobenen Händen. Das wars dann … halt. S-sie haben sie erschossen. Jetzt gehen sie unter Deck!"

Habe ich mich getäuscht? Bekommt Yariv gerade den Fangschuss?

„Sie zerren einen Mann an Deck! Er ist nackt. Das muss Yariv sein. Sie bringen ihn auf eines der Marineboote. Er lebt!"

Angelos atmete tief durch.

„Fliegen wir parallel zum Marineboot", sagte Angelos zu dem Piloten.

„Die ‚Khaled 2' ist explodiert", meldete Abu.

Klar, dachte Angelos. Alle Beweise vernichten. Und heute Nacht verschwindet der Kulturminister. Zuerst wird er aus gesundheitlichen Gründen zurücktreten, wovon er aber nichts weiß. Dann wird er seinem Leiden erliegen.

„Sie gehen auf Kurs Mykonos", sagte Abu.

„Danke, mein Freund. Wir sehen sie. Schreib alles auf meinen Schuldschein!"

Abu lachte.

„Du meinst sicherlich das Schuldbuch. Sag Yariv einen lieben Gruß!"

Zwei Stunden später lief das türkische Patrouillenboot im Hafen von Mykonos ein.

42

Yariv kam an Deck, das Gesicht noch geschwollen und mit einigen Blutergüssen garniert. Oberkörperfrei und in einer Uniformhose der türkischen Marine.

Er stieg auf die Gangway, blieb aber bei der Hälfte stehen und begann laut zu lachen.

„Was ist?", rief Angelos vom Pier.

„Ich wusste es. Das erste, was ich auf Mykonos sehe, ist deine Erektion!"

„Liegt an der Uniform", sagte Angelos und umarmte Yariv.

„Du erdrückst mich", meinte Yariv und sagte nur: „Danke!"

Entsprechend der Vereinbarung brachte Angelos den in Packpapier eingeschlagenen Gauguin an Bord des Marineboots und drückte ihn dem Kapitän wortlos in die Hand.

Auf dem Weg zum Auto blieb Angelos unvermittelt stehen.

„Wieso läufst du so komisch? Wie auf rohen Eiern!"

„Ich habe eine Verletzung am Hintern", knurrte Yariv.

„Sie haben dich doch nicht etwa ...", begann Angelos mit ängstlicher Stimme.

„Nein, beruhige dich. Ich bin in dem Kühlraum am Boden festgefroren!"

Angelos prustete los.

„Das ist nicht witzig. Auch für dich nicht. Das bedeutet nämlich, dass dieser Bereich für dich gesperrt ist", sagte Yariv.

„Das halte ich schon aus", sagte Angelos und legte den Arm um Yariv.

„Du vielleicht schon. Aber auch er da unten?"

„Keine Sorge. Wir finden andere Mittel und Wege", meinte Angelos.

„Genau das habe ich befürchtet", sagte Yariv und lächelte verschmitzt.

„Die türkischen Soldaten – sie haben alle an Bord erschossen. Die Verletzten bekamen einen Kopfschuss. Überlebt habe nur ich – der Grieche. Irgendwie surreal!", meinte Yariv.

„Mitleid mit Verbrechern habe ich mir längst abgewöhnt", sagte Angelos.

„Aha. Und was war das mit Yussuf?", fragte Yariv.

„Er war … wollten wir das Thema nicht in eine Schachtel packen und wegschmeißen? Außerdem haben wir ein großes Problem: was machen wir mit den 500.000 Euro? Halt, du bekommst zusätzlich noch den Finderlohn für den Gauguin. 200.000 Euro", meinte Angelos.

„Bauen wir ein Haus", schlug Yariv vor.

„Nein. Es ist das Haus, in dem ich glücklich war und bin. Dort ist Alex gestorben und beerdigt. Ich liebe dich, aber das ist nicht verhandelbar!"

Yariv grinste.

„Genau das wollte ich hören. Mir ist aber etwas anderes wichtiger: ich habe mich verhalten wie ein Idiot. Ich war unvorbereitet und unprofessionell. Es tut mir leid. Ich wollte nicht, dass du dir Sorgen machst!"

Angelos seufzte.

„Sorgen ist die Untertreibung des Jahres. Aber das ist jetzt Geschichte. Allerdings ist die Liste derjenigen, denen ich einen Gefallen schulde, sehr lang!"

„Das denke ich mir. Ich bin wohl der erste Grieche, den die türkische Armee rettet. Ich frage mich, wie du das bewerkstelligt hast. Hast du Migiakis in seiner Villa gefesselt und gefoltert?", fragte Yariv.

„Das kommt der Wahrheit sogar ziemlich nahe!"

„Habe ich dir und ihm heute schon gesagt, dass ich euch liebe?", fragte Yariv und fuhr Angelos´ rechten Schenkel hoch.

Nein, aber wir freuen uns", meinte Angelos und grinste.

„Das sieht man. Ich werde euren Einsatz nachher belohnen – trotz meines Pavianhinterns!"

43

Tel Aviv

Angelos, Yariv, Yossi und Professor Bouchard lagen auf Sonnenstühlen am Strand.

„Nicht schlecht, unser Strand, oder?", meinte Yossi.

„Sechs Kilometer lang, mit gefühlt zwei Millionen Badegästen, hinter dem Strand eine Autobahn und dazu vergeht keine Sekunde ohne Hupen", beschwerte sich Yariv.

„Die Deutschen spielen Fußball, die Engländer Kricket und unser Nationalhobby ist Hupen", entgegnete Yossi. „Was hat Yariv denn?", fragte er Angelos.

„Er hat immer noch Schmerzen. Zudem habe ich heute Morgen Tabasco für meine Spiegeleier bestellt", sagte Angelos.

„Das ist aber auch nicht gerade taktvoll", meinte der Professor.

„Ich leide doch mit ihm. Ich habe nur gesagt, sein Hintern schaue jetzt nicht nur scharf aus, sondern riecht nun auch so!"", protestierte Angelos.

„Du bist heute in der Zeitung", sagte Yossi und griff nach seinem Tablet. „Hier, in der ‚Haaretz': Griechischer Kommissar sorgt für Gerechtigkeit. Mit Bild! Die Familie Ischowitz ist dir sehr dankbar und nicht nur die!"

„Hoffentlich bringt das Bild ihnen kein Unglück. Fast alle Besitzer sind gestorben. Viel wert, aber offensichtlich todbringend", sagte Angelos.

Yossi begann zu lachen.

„Die Kommentare sind einfach göttlich!"

jasminahorny: Auf nach Mykonos

rachel423
Stelle mich als Leiche zur Verfügung

smkinghaifa:
Lasse mich sofort verhaften. OMG

lustboy99:
Soll nen Großen haben. Video auf youtube/boa mykonos

lustboy99: Sorry, girls. Schwul. Verheiratet, sogar mit einem Juden!

botoxqueen22: Gottverdammter Mist.

instabitch: 🙁 🙁 🙁

queerheaven:
OMGG! Gibt es bulgepics??

„Diese Gerichtsverhandlung werde ich wohl nie los. Und was zum Teufel sind ‚Bulgepics'?", fragte Angelos.

„Beulenfotos. Fotos, auf denen sich deine Geschlechtsteile unter der Kleidung abzeichnen. Also: Alle", sagte Yariv.

„Sag mal, Yossi. Warum bleiben eigentlich alle Leute, die vorbeilaufen, kurz stehen und lachen?", fragte Angelos.

„Das kann *ich* dir sagen", meinte Yariv. „Ich habe heute Morgen das Netz in deinen Badeshorts durchgeschnitten. Damit auch ER die Aussicht genießen kann!"

Yariv versuchte zum Meer zu rennen, aber Angelos erwischte ihn noch am Fuß.

„Süß, die beiden", sagte der Professor.

„Unbedingt. Keiner kann ohne den anderen. So muss es sein!", sagte Yossi.

„Aber ich glaube, ich bringe besser Angelos ein Handtuch, sonst nimmt man ihn noch fest", sagte Bouchard.

„Nehmen Sie ein Großes", meinte Yossi und lachte.

Plötzlich brummte Angelos´ Handy.

SORRY HÜBSCHER. DU MUSST ZURÜCK. EIN MORD. GABRIEL.

„Ach herrje. Angelos wird fluchen", sagte Yossi.

Und das tat er, zumal in der Nachmittags-maschine nur noch ein Platz frei war.
Yariv musste nachkommen.

Was Angelos Nikakis noch nicht wusste: die SMS war nicht von Gabriel und es gab auch keinen Mord.

MYKONOS CRIME 28

GOLDRAUSCH

erscheint voraussichtlich im September 2021

Von wegen „der Wohlstand von Mykonos beruht auf dem Tourismus". Nein. Während auf den anderen Ägäis-Inseln gehungert wurde, genoss Mykonos durch seine Bergwerke eine Sonderstellung.

Zwar wurden die letzten Minen vor vierzig Jahren geschlossen, plötzlich aber werden zwei Geologen in einem Schacht tot aufgefunden. Und ein amerikanischer Konzern zeigt auffälliges Interesse an den Bergwerken. Dessen Gegner: Kommissar und Bürgermeister Angelos Nikakis. Als eine Freundin ermordet wird und sich herausstellt, dass die Firma dafür verantwortlich war, wird die Angelegenheit mehr als persönlich.

MYKONOS CRIME 29
Dynastie – Der tote Kronprinz

Bisher erschienen auf Englisch:

Mikonos Crime 1: Abducted
Mikonos Crime 2: Confusion
Mikonos Crime 3: The prince
Mikonos Crime 4: Spy
Mikonos Crime 5: Beast
Mikonos Crime 6: Nightkids
Mikonos Crime 7: Yariv

Bisher erschienen auf Deutsch:

Paul Katsitis – Smyrna 26

Ein van Gogh, der 1922 in Smyrna verschwand,
brachte keinem der Besitzer Glück. Alle seine Besitzer
starben eines gewaltsamen Todes.
Hundert Jahre später taucht das Gemälde auf
Mykonos auf und versprüht erneut sein tödliches Flair.

Paul Katsitis – Schläfer 25

Kommissar Angelos Nikakis hat gleich zwei haarige
Fälle zu lösen: in Saloniki explodiert eine Bombe und
vor Mykonos werden auf einer Party-Yacht vier
leblose Körper gefunden, allerdings ohne jegliche
Verletzungen. Mysteriös – und nur langsam lassen sich
die Fäden verbinden.

Mit einer schlimmen Vermutung: Der Täter lebt seit Jahren auf der Insel. Ein Schläfer.

Paul Katsitis – Lebendig begraben 24

Ein Anrufer behauptet, unter einer frisch asphaltierten Straße auf Mykonos läge ein lebendig begrabener Mann. Kommissar Angelos Nikakis hat erst seine Zweifel – und scheut die Kosten. Als er sich doch dazu entschließt, die Straße aufreißen zu lassen, zeigt sich: in einer Kammer darunter liegt tatsächlich eine männliche Leiche. Damit nicht genug: im Magen des Toten findet sich ein USB-Stick.

Paul Katsitis – Sisa 23

Drogen und Mykonos ziehen sich wie Magnete gegenseitig an. Da der Effekt nicht zu stoppen ist, hat Kommissar Angelos Nikakis mit dem größten Drogenhändler der Ägäis, Abu Bakar, ein Abkommen getroffen: keine gestreckte Ware, begrenzte Menge, keine Lieferung an Jugendliche und keine Gewalt auf der Insel. Im Gegenzug drückt Angelos beide Augen zu, auch weil er die übliche Drogenpolitik für Heuchelei hält. Seit drei Jahren gab es keine Drogentoten mehr – der Deal funktioniert. Doch nun taucht ein neuer Player auf, der das Monopol mit Gewalt brechen will. Beim Angriff auf Abus Yacht wird diese zerstört und Abu schwer verletzt. Angelos hilft Abu, denn er will Ruhe auf Mykonos – doch die Rechnung bezahlt Angelos´ Ehemann Yariv.

Paul Katsitis – Pontifex 22

Das Oberhaupt der orthodoxen Kirche, Hieronymus, besucht Mykonos. Ein unangenehmer Termin für den schwulen und atheistischen Bürgermeister und Kommissar Angelos Nikakis.
Während des Besuchs wird der Staatssekretär des Metropoliten ermordet aufgefunden.
Hieronymus bittet Angelos um Hilfe, denn es geht nicht nur um einen Mord, sondern um die schiere Existenz der griechischen Kirche. Ein Pergament aus dem 4. Jahrhundert stellt deren Zukunft infrage.

Paul Katsitis – Yariv 21

Mykonos im Juni: gähnend leer, dank Corona. Nach der Öffnung der Insel ist es vorbei mit der erzwungenen Ruhe: im Haus eines hoch-rangigen Politikers wird eine tote Frau gefunden.
Und Kommissar Angelos Nikakis hat noch ein weiteres Problem: sein Kollege Yariv wird bei einem Einsatz in Athen schwer verletzt.

Paul Katsitis – Darknet 20

An der Uferpromenade mitten in Mykonos-Stadt wird die Leiche eines jungen Mädchens gefunden, das niemand kennt. Gefoltert und vergewaltigt.
Als ein zweites Opfer gefunden wird, vermutet Kommissar Angelos Nikakis, dass er es mit einem Pädophilenring zu tun haben könnte. Zusammen mit

seinem Athener Kollegen Yariv Markaris, einem Darknet-Spezialisten, nimmt er die Spur auf. Er stößt dabei auf Beteiligte, die aus den höchsten Kreisen in Athen stammen und die ihre eigene „Flüchtlings-politik" verfolgen.

Paul Katsitis – Carneval 19

Carneval in Griechenland? Bestimmt nicht, denken viele. Von wegen: Rosenmontag ist einer der wichtigsten Feiertage. Doch auf Mykonos wird Carneval gestört: in der Nähe von Kalafati wird ein Motorradfahrer tot aufgefunden. Obwohl der Kopf abgetrennt wurde, gelingt es Kommissar Angelos Nikakis schnell, ihn zu identifizieren: das Opfer ist ein Emirati, Landsmann von Angelos´ Ehemann Khaled. Zufälle gibt es nicht, sagt Angelos immer – und leider behält er Recht.

Paul Katsitis – Tödliche Libido 18

Auf einem Kreuzfahrtschiff wird ein 19-jähriger Steward vermisst.
Kommissar Angelos Nikakis nimmt den Fall zunächst nicht ernst. ‚Der Junge macht sich auf Mykonos ein paar schöne Tage', denkt er. Und es gibt keine Leiche.
Doch er täuscht sich. Eines Abends besucht ihn der Premierminister, Antonis Migiakis, der mit Angelos befreundet ist und gesteht, dass der junge Pavlos sein heimlicher Liebhaber war.
Kurz darauf melden sich die Entführer – und die Forderungen haben es in sich. Angelos muss den Jungen finden, sonst ist Migiakis politisch erledigt.

Und zur Lösung des Falls braucht er die Hilfe eines altbekannten Drogenbarons: Abu Bakar.

Paul Katsitis – Botschafter 17

Kommissar Angelos Nikakis und sein Partner Khaled retten ein Kind vor dem Ertrinken. Es ist zufällig der Sohn des israelischen Botschafters. Aus Dankbarkeit wird der Botschafter der Trauzeuge von Angelos und Khaled. Einen Tag später zerreißt eine Bombe dessen Wagen. Was zunächst nach einem Terrorakt aussieht, entpuppt sich als ein Geflecht aus Kunstdiebstahl, Verschwörung und Mord. Und Kommissar Nikakis muss tief in der Vergangenheit wühlen.

Paul Katsitis – Spione 16

Ein russischer Überläufer soll über Mykonos in den Westen geschleust werden. Auf der Kykladen-Insel soll er sich in einer der zahlreichen Schönheits-kliniken eine gesichtsveränderte Operation unterziehen. Kommissar Angelos Nikakis soll den Agenten während des Aufenthaltes schützen. Kein größeres Problem, denkt er. Bis plötzlich drei Geheimdienste auf der Insel am Werk sind. Und sich letztlich Angelos´ Leben für immer verändert.

Paul Katsitis – Khaled 15

Eine Explosion auf Delos töten einen Archäologen. Das erste Rätsel für Kommissar und Bürgermeister Angelos Nikakis. Das zweite Rätsel hingegen – wen er denn nun liebt – löst sich: er trennt sich von Alex und zieht zu Kronprinz Khaled. Doch zwei Tage später wird dieser von einem Attentäter niedergeschossen.

Paul Katsitis – Trauma 14

Chefermittler und Bürgermeister Angelos Nikakis glaubt es zunächst nicht: auf der trockenen Insel Mykonos soll ein Golfplatz errichtet werden. Als Nikakis den Investor trifft, glaubt er ihn zu kennen. Bevor er sich erinnert, ereignen sich zwei Morde.
Angelos´ Ehemann Alex findet währenddessen heraus, woher Angelos den Investor kennt.
Bald geschieht ein dritter Mord. Und der Täter ist Alex.

Paul Katsitis – Royals 13

Zehn Seemeilen entfernt von Mykonos wird ein großes Gasfeld entdeckt. Bürgermeister und Kommissar Angelos Nikakis greift zu allen (auch illegalen) Tricks, um Bohrtürme in der Ägäis zu verhindern.
Als dann eine Prinzessin des Emirats Katar während eines Besuchs auf Mykonos entführt wird, scheint es zunächst nicht so, als würde ein Zusammenhang bestehen. Wenige Tage später ist die Prinzessin tot – und Angelos Nikakis sitzt im Gefängnis.

Paul Katsitis – Der Putsch 12

1967 putscht in Griechenland das Militär. Hellas und auch Mykonos ächzen unter der Diktatur.
52 Jahre später gibt es wieder einen Regierungswechsel in Athen. Doch die Ereignisse von damals werfen ihre späten Schatten.
Ein Flugzeugabsturz und Kommissar Angelos Nikakis sorgen dafür, dass es zu einem politischen Erdbeben kommt.

Paul Katsitis – Glut 11

Der Alptraum aller Chora-Bewohner wird wahr. Ein Großbrand wütet in den engen Gassen der Stadt. Eine knifflige Aufgabe nicht nur für die Feuerwehr, sondern auch für Kommissar und Bürgermeister Angelos Nikakis. Denn in einem Haus findet man eine Leiche. Ein Brandopfer, denken viele. Doch sie wurde erschossen. Drei weitere Morde und der Wiederaufbau lassen Angelos kaum Zeit Luft zu holen.

Paul Katsitis – Abseits 10

Im Stadion von Mykonos wird die Leiche eines Mannes gefunden. Da der Mann Fan von Olympiakos Piräus war, geraten alle Anhänger des Konkurrenzvereins Panathinaikos Athen in Verdacht. Die Indizien lassen zunächst keine andere These zu und der Hass zwischen beiden Lagern ist tatsächlich so groß, dass auch ein Mord im Bereich des Möglichen liegt.
Doch als Kommissar Angelos Nikakis in die Welt der Spielerscouts eintaucht, stellt er fest, dass es um ganz

andere Dinge ging: um Menschenhandel, Pädophilie und natürlich eine Menge Geld!

Paul Katsitis – Sturm über Mykonos 9

Über Mykonos tobt der schwerste Sturm seit Jahren. Eine Fähre kentert. Angelos ist unter den Rettern, wird aber nach dem Einsatz selbst vermisst. Für zusätzliche Aufregung sorgen zwei Ölfässer, die an Land gespült werden. In ihnen liegen die zerstückelten Leichen von zwei griechischen Soldaten.

Paul Katsitis – Die Maske 8

Nach einem Banküberfall erschießt Alex einen der Räuber auf der Flucht. Da er ihn ohne Vorwarnung in den Rücken geschossen hat, steht er bald unter Anklage.
Im Schatten des Prozesses gelingt es einem neuen, besonders brutalen Drogenhändler, genannt „Máská", sein Netzwerk auszubauen. Und er zögert auch nicht, als sich ihm die Gelegenheit bietet, Kommissar a.D. Angelos Nikakis aus dem Weg zu räumen.

Paul Katsitis – Hass 7

Es ist ein besonderer Fall für die beiden Ermittler Alex und Angelos Nikakis. Die Leiche eines jungen Mannes wird in den Dünen gefunden. Am und im Körper des Toten findet sich die DNA von Angelos.
Er wird verhaftet.

Paul Katsitis – Skalpell 6

Am Strand von Ornos wird eine Frauenleiche gefunden. Es ist die Tochter des Bürgermeisters. Der Leiche fehlen Nieren und Leber.
Doch es geht bei der Mordserie nicht nur um Organe, wie die beiden Ermittler Alexandros und Angelos Nikakis bald feststellen. Es existiert ein komplexes Netzwerk, das verschiedene kriminelle Felder abdeckt, und so mancher Inselbewohner ist darin verstrickt.

Paul Katsitis – Inzest 5

Ein Bräutigam, der sich am Tag der Hochzeit vom Balkon stürzt und eine Mädchenleiche in einer Wagenpresse. Zwei Fälle für die beiden Ex-Kommissare Alex und Angelos Nikakis Zwei Fälle, die sich nach und nach aufeinander zu bewegen.

Paul Katsitis – Der-Drei-Sterne-Mord 4

Im besten Restaurant der Insel wird der Chefkoch, ehemals Leibkoch Gaddafis, mit durchschnittener Kehle aufgefunden. Ein schwieriger Fall für Alex und Angelos, zumal die eigene Familie mit beteiligt ist. Der Fall erfährt eine erstaunliche Wendung, als die beiden Ermittler erfahren, dass der britische Außenminister Mykonos besucht – auf dem Landsitz des griechischen Premierministers.

Paul Katsitis – Tattoo 3

Zwei Highlights stehen auf dem Programm des Wochenendes: ein hochdotiertes Beachvolleyball-Turnier und die Eröffnung der ersten Spielbank auf der Insel.

Nicht ins Programm passen zwei Tote: ein 19-jähriger Junge und einer der Beachvolleyballspieler. An dessen „natürlichem Tod" haben die Ermittler Alex und Angelos so ihre Zweifel.

Paul Katsitis – Rache 2

Im Kloster Ano Mera auf Mykonos wird ein Priester tot aufgefunden, dessen Leiche übel zugerichtet ist. Es sieht nach einem Rachemord aus – doch wofür?

Paul Katsitis – Die Bestie von Mykonos 1

Zwei Kriminalbeamte, Alexandros und Angelos, quittieren den Dienst und eröffnen gemeinsam auf Mykonos eine Bar. Nebenher betreiben sie eine kleine Privat-Detektei. Da die Polizei chronisch unterbesetzt ist, werden Alex und Angelos – wegen ihrer Erfahrung - regelmäßig hinzugezogen.

Mykonos ist in Aufruhr. Offensichtlich foltert, vergewaltigt und tötet ein Mann junge Touristen. Um ihn zu stellen, bleibt nichts anderes übrig, als dass Angelos den Lockvogel spielt – mit furchtbaren Konsequenzen ...

Mykonos LOVE STORY
Von Michael Markaris

„Die Mykonos Love Story 1-11" von Michael Markaris.

Kommissar Pandis hat mit 53 sein Coming-Out und verliebt sich in den 29-jährigen Angelos.

Bisher erschienen:

Mykonos Love Story 1

Mykonos Love Story 2 – Das goldene Ei

Mykonos Love Story 3 – Morgenröte über Mykonos

Mykonos Love Story 4 - Mykonos Speed

Mykonos Love Story 5 – Rape-Vergewaltigung

Mykonos Love Story 6 – Der rosa Leopard

Mykonos Love Story 7 – Rückkehr der Leoparden

Mykonos Love Story 8 – Crash!

Mykonos Love Story 9 – Der tote Pelikan

Mykonos Love Story 10 – Photia-Feuer

Mykonos Love Story 11 – Der tote Archäolog